YR ARGAE HAEARN

Yr Argae Haearn

Myrddin ap Dafydd

Darluniau gan Graham Howells

Gwasg Carreg Gwalch

Argraffiad cyntaf: 2016
ⓗ testun: Myrddin ap Dafydd 2016
ⓗ darluniau: Graham Howells 2016

Rhif Llyfr Safonol Rhyngwladol:
978-1-84527-578-5

Cyhoeddwyd gyda chymorth Cyngor Llyfrau Cymru

Dylunio: Eleri Owen
Llun clawr a lluniau tu mewn: Graham Howells

Cyhoeddwyd gan Wasg Carreg Gwalch,
12 Iard yr Orsaf, Llanrwst, Dyffryn Conwy, Cymru LL26 0EH.
Ffôn: 01492 642031
Ffacs: 01492 642502
e-bost: llyfrau@carreg-gwalch.com
lle ar y we: www.carreg-gwalch.com

Argraffwyd a chyhoeddwyd yng Nghymru

I

Cynwal,

diolch am dy gwmni ar y daith

a'th gynghorion wrth drafod y testun

1.

"Llo yn yr afon! Llo yn yr afon!"

Mae'r waedd yn ein cyrraedd drwy sŵn y glaw sy'n tasgu yn erbyn ffenestri'r gegin. Mae'r tri ohonon ni a Mam a Dad yn eistedd wrth y bwrdd brecwast ond gyda hyn, dyma wyneb a'i wallt yn wlyb diferol yng ngwydr y ffenest. Ianto, fy ffrind pennaf yw e – Ianto Coed-y-carw.

"Glou!" gwaedda Ianto. "I lawr yn yr afon yng ngwaelod y ddôl! Mae Dad yn ceisio'i ga'l e mas! Ond mae llif y cythrel ..."

Cyn iddo orffen ei frawddeg mae Dad a Defi, fy mrawd mawr, ar eu traed ac yn rhedeg am eu dillad glaw. Llyncaf innau un darn arall o dost a marmalêd cyn mynd ar wib ar eu holau.

"Pwyll, Hywel!" yw siars Mam wrth ei gŵr. "Mae'r hen afon 'na yn beryg bywyd ar dywydd fel hyn ... a chadw lygad ar y bechgyn hyn."

"Gaf fi fynd i helpu nhw, Mami?" gofynna Nia, fy chwaer fach.

"Ddim heddi," ateba Mam yn syth. "Mae'r afon yn rhy wyllt ar ôl y storom neithiwr."

Mas ar glos Dolffynnon, ein ffarm ni, mae Ianto ar bigau'r drain a Ffan, ein ci ni, yn cyfarth ac yn neidio'n gyffrous o'i gwmpas wrth synhwyro bod rhywbeth o'i le.

"Lle mae Jac?" yw cwestiwn cyntaf Dad i Ianto.

"Mae e i lawr wrth Pwll Melyn. Mae'r llo'n sownd mewn cangen yn yr afon fan'ny ..."

"Oes eisiau'r tractor arnon ni?" gofynna Dad wedyn.

"Dyw e ddim yn llo mawr," ateba Ianto. "Neithiwr gafodd e 'i eni, yng nghanol y storom. Ddaeth e cyn pryd. Rhaid ei fod e wedi rowlo dros y dorlan i'r afon ... ond mae'r gangen yn un fawr ..."

"Defi – der di â'r tractor. Gareth, cer i moyn rhaff o'r sgubor." Ac ar hynny, mae Dad yn agor y gât i'r ddôl ac yn rhedeg i lawr y llethr gyda Ianto.

Mae'r rhaff yn crogi ar ei bachyn yn y sgubor. Cydiaf ynddi'n wyllt a rhedeg nerth fy nhraed ar ôl y ddau arall. Clywaf injan y Ffergi Lwyd yn tanio ar y clos.

Mae'r gwynt a'r glaw yn fy wyneb wrth imi gwrso'r ddau arall dros y borfa. Gallaf weld Jac Coed-y-carw at ei ganol yn yr afon a chlywaf Dad yn gweiddi arno. Ar ei union, dyma Dad i mewn i'r llif nerthol. Rhedaf innau'n gyflymach.

O'r lan, gallaf weld cangen gref wedi'i chario i lawr yr afon gan ddŵr y storom. Mae wedi bachu wrth ryw hen wreiddiau ym Mhwll Melyn ac wedi cloi fel argae ar draws wyneb y lli. Mae Jac yn ceisio tynnu ar frigau'r gangen.

"Rwy'n gallu 'i weld e rhwng dau frigyn y gangen 'ma, Hywel," meddai Jac.

"Paid â mentro'n rhy bell," yw rhybudd Dad. "Mae'r llif yma'n ddigon cryf iti golli dy draed ynddo fe. Mae Defi a'r Ffergi ar eu ffordd. Ac mae rhaff gan Gareth fan hyn ..."

Mae Jac yn troi ac yn estyn ei ddwylo am y rhaff. Mentra

Dad ymhellach i'r afon gan fynd dros ben ei welingtons er mwyn cael bod yn ei ymyl. Gyda'i gilydd, maen nhw'n llwyddo i gael darn o raff dros frigyn cydnerth o'r gangen. Clywaf ruo'r tractor wrth i Defi nesáu.

Gallaf weld pen y llo mewn fforch yn y gangen a'r lli'n tasgu o'i gwmpas. Mae Defi'n sylweddoli beth sy'n digwydd ac erbyn hyn mae'n gyrru wysg tin y tractor at lan Pwll Melyn.

"Gareth – cer â phen y rhaff i Defi ei glymu wrth y tractor," gwaedda Dad a brysiaf innau a Ianto i ufuddhau.

"Paid â mynd dim pellach, Jac!" rhybuddia Dad.

"Ond rhaid ca'l cynffon y rhaff am gorff y llo neu ..." yw ateb Jac.

"Ddaw'r gangen â'r llo i'r lan os tynnwn ni hi'n ddigon gofalus," meddai Dad.

Mae'r tractor yn mynd yn ei flaen yn araf nawr, nes bod y rhaff yn dala'r straen.

"Gan bwyll! Gan bwyll!" gwaedda Dad. "Dy'n ni ddim eisiau tynnu'n groes i'r llif a gweld y llo yn mynd i lawr yr afon! Cer ymlaen ar hyd y lan yn araf, Defi, a thynnu mewn i'r cae gan bwyll bach."

Mae Defi'n ufuddhau. Mae'r gangen yn rhydd erbyn hyn, ac mae'r llo yn dal yn sownd yn y fforch. Daw'r llif a grym y tractor â hi i'r lan gyda'i gilydd.

"Fedrwch chi'ch dou ddala'r brigau mân yn y cefen pan ddôn nhw'n ddigon agos i'r lan?" gofynna Dad. "Ond p'idwch mynd dros eich welingtons ..."

Mae Ianto a minnau'n mynd i mewn i'r dŵr bas ac yn

ymestyn nes bod blaenau ein bysedd yn gafael yn y brigau mân.

"Tynnwch, bois!" gwaedda Jac.

Wrth inni dynnu'r brigau atom, mae canol y gangen yn dod yn nes i'r lan. Rhed Ianto o ben blaen y gangen tua'i chanol a thaflu'i freichiau dros y fforch.

"Rwy wedi ca'l gafael ar un ysgwydd!" gwaedda. "Aiff e ddim o 'ngafael i nawr! Gwed wrth Defi am ei thynnu hi mewn."

Yn araf bach, mae'r Ffergi'n tynnu fwyfwy i ganol y cae a llusgir y gangen ar y tir. Erbyn hyn, mae Jac yn ei ddau ddwbwl dros y fforch ond gallwn weld ei fod gystal â'i air – does dim gollwng gafael ar y llo i fod bellach.

Mae Dad yn rhoi naid er mwyn bod wrth ochr Jac, ac ysgwydd wrth ysgwydd llwydda'r ddau i godi'r llo dros y fforch a'i osod ar y borfa. Dyw e ddim yn symud. Aiff Jac ati i rwbio ffroenau'r anifail ac mae Dad yn pwmpio ar ran uchaf mynwes yr anifail. Dyma Jac yn cydio yn y coesau a'i ddal â'i ben i lawr a'i shiglo'n ôl ac ymlaen cyn ei roi yn ei ôl i orwedd ar y borfa.

Yn y gwynt a'r glaw, mae'r pump ohonom yn fud bellach, yn sefyll yn ddiymadferth yn edrych ar y corff ar y ddaear.

"Mae'r afon wedi'i ga'l e, bois," meddai Jac, heb arlliw o'r hwyl a'r tân arferol sy'n perthyn iddo.

"Ry'n ni'n rhy ddiweddar, Jac," meddai Dad. "Mae'n flin 'da fi ..."

"Fe wnaethon ni'n gore," meddai Jac, "ond weithie dyw hynny ddim yn ddigon. Gwas da ond meistr creulon yw dŵr yr afon 'ma. Dyna beth ofnadw yw gweld creadur wedi boddi, yntefe?"

"Der lan i gynhesu tipyn, Jac" meddai Dad, gan nodio at y ffarm. "Ddown ni nôl lawr i glirio wedyn."

2.

Fore trannoeth, mae hi'n awyr las ar ôl y storom ac rwyf i lawr ar y ddôl wrth yr afon. Mae'r gangen ddaeth o'r llif yn dal yno, ond coeden arall sy'n mynd â fy mryd i heddiw. Coeden hardd a hynafol sy'n tyfu yn y clawdd ychydig yn uwch na glan yr afon yw hi. Roedd Tad-cu a finnau yn arfer dod at y goeden hon am dro.

Yn y gwanwyn, mae dail llydan yn agor drosti i gyd. Yn yr haf, mae cysgod braf o dan ei changhennau os digwydd i gawod o law gael ei whythu i mewn o'r môr. Ac yn yr hydref, bydd *helicopters* yn cwympo ohoni. Dyna'r hwyl orau i gyd pan oeddwn i'n rhyw bump neu chwech oed – casglu llond dwrn o'r hadau ar adenydd, eu taflu uwch fy mhen a'u gwylio'n chwyrlïo'n araf at y ddaear. Yn dawel fach, fe fyddaf yn dal i daflu rhyw ddyrnaid ohonynt i'r awyr bob hydref ac yn rhyfeddu atyn nhw nes bydd fy llygaid innau'n dechrau troelli. Masarnen ydi hi, meddai Tad-cu.

Ond y peth gorau am fy nghoeden i yw bod ei changhennau wedi'u gosod yn garedig ar gyfer ei dringo gan fachgen deuddeg oed. Tad-cu ddangosodd imi shwt oedd gwneud hynny hefyd. "Dere â dy droed fan hyn, Gareth," medde fe. "A'r un whith lan at honna nawr." Ac felly ymlaen. Mae'i dringo hi mor rhwydd â dringo ysgol i mi erbyn hyn.

Pob cangen yn cynnig lle i law a throed. Pob brigyn yn iach a chryf. Ac yna, yn uchel i fyny, mae un gangen yn fforchio'n araf wrth y boncyff gan gynnig lle i eistedd yn ôl yn gyfforddus a diogel. Fy hoff gadair yn fy hoff goeden. Oddi yno, gallaf weld y cae i gyd.

Na, dyw hynny ddim yn hollol wir. Gallaf weld llawer mwy na hynny. O gadair y fasarnen, gallaf weld i lawr at yr afon hefyd, sydd rhyw hanner can llath i ffwrdd, a rhan helaeth o Gwm Gwendraeth Fach – bryniau, caeau, dolydd, coed, pontydd a ffermydd. Byddai Tad-cu'n gallu enwi pob tŷ a ffarm – pob cae, falle – yn y cwm i gyd. Ond y cae yn union o dan y goeden sy'n mynd â fy sylw i, a dydi Tad-cu ddim gyda ni erbyn hyn. Na, dyw hynny ddim yn hollol wir chwaith. Wedi marw mae Tad-cu, ond fe fydda i'n teimlo ei fod e gyda fi o hyd. Yn arbennig pan fyddaf lan fan hyn yn fy nghoeden i.

"Fy nghoeden i," meddwn i! Dyw hynny ddim yn wir, chwaith. Hi, y goeden, piau ei dail, ei changhennau a'i gwreiddiau. Ond roedd Tad-cu yn meddwl y byd ohoni ac erbyn hyn rwyf innau'n teimlo'r un fath tuag ati.

Rwy'n ceisio cofio'r enwau pan fydda i yn y gadair fasarnen, a cheisio cofio lle maen nhw: Allt-y-cadno, Tŷ'r Bont, Panteg a Glanyrynys. Gallaf glywed llais Tad-cu'n dweud yr enwau hyn o hyd. Ymhellach i lawr y cwm, mae awyr las uwch yr aber lle mae afon Gwendraeth Fach yn llifo i'r môr. Cydweli sydd i lawr i'r cyfeiriad hwnnw, a Môr Hafren y tu draw i hynny.

Ond nid y bryniau pell, na'r afon na'r hewlydd sy'n gwau rhwng y caeau sy'n fy nhynnu i'r gadair fasarnen. Mynd yno i edrych ar y cae y byddaf i. Cae'r Meirch oedd enw Tad-cu arno, gan mai yno roedd y ceffylau gwaith yn pori yn yr hen ddyddiau. Ond i mi, Cae Cwningod ydi hwn.

Os dewch o'r tŷ – Dolffynnon – ac os dewch drwy'r gât yn nhop y cae, welwch chi ddim cwningod. Maen nhw wedi diengyd cyn ichi agor y gât. Clustiau hirion, meddai Tad-cu. Mae'r clustiau yna fel dwy sganer syth a chul yn codi pob smic o sŵn, hyd yn oed y tu draw i berthi Cae Cwningod. Os byddan nhw'n meddwl bod rhywun neu rywbeth yn nesu, bydd rhybudd yn cael ei roi i bob cwningen a bydd y coesau ôl yn cicio'r pridd ar garlam. Bydd y cynffonnau bach crynion yn dangos y blew gwynion o dan eu godrau cyn diflannu i res o dyllau yn yr hen glawdd gyda'r ffens ar ei ben wrth fy nghoeden i. Pan ddewch at y gât, felly, bydd y cae'n llonydd. Fydd dim trwyn bach smwt na chwt fach gron i'w gweld yn unman.

A dyna pam fod gen i gadair yn y fasarnen. Os bydda i'n aros yn y gadair yn ddigon distaw a digon amyneddgar, fe ddaw'r cae yn fyw gan gwningod eto. Rwyf wedi gwneud *den* fach yng nghesail y ddwy gangen. Byddai Ianto Coed-y-carw yn dod yma i gadw cwmni i mi pan oeddem ni yn yr ysgol fach, ac fe fydden ni'n cario ambell astell bren a darn o raff lan y goeden. Falle fyddai Dad yn y farchnad yng Nghaerfyrddin ar y dyddiau hynny, a byddai Ianto a finnau'n benthyca'r morthwyl ac ychydig o hoelion o'r ysgubor.

Byddai Ianto a minnau wrthi am oriau yn 'cael trefen' ar y *den* yn y goeden. Fe fydden ni'n whare môr-ladron yno weithiau. Daeth Ianto â baner Draig Goch yno unwaith. Fe hoelion ni hi ar y boncyff. Castell Owain Glyndŵr oedd enw'r lle am sbel wedyn. Unwaith, fe gawson ni Defi fy mrawd mawr i glymu hen deier car wrth un o'r canghennau isaf ac roedd gennym ni siglen syrcas wedyn ar ôl hynny.

Mae'r Ddraig yno o hyd, ond dyw hi ddim mor goch erbyn hyn. Pan ddaw Ianto draw y dyddiau hyn, mynd i weld y da godro neu helpu yn y gwair neu ofalu am yr ŵyn bach y byddwn ni, nid mynd lan i'r *den*. Whare ffarmo byddwn ni'n awr – a mwy o weithio nag o whare hefyd. Bydd Defi, sydd wedi gadael yr ysgol erbyn hyn, yn siŵr o ganfod rhyw waith sydd angen ein sylw ni ar y fferm.

Ond byddaf i'n dal i ddod i'r gadair fasarnen. Yn y bore bach neu'n hwyr y prynhawn yw'r adegau gorau i wneud hynny. Bydd y cae'n llonydd pan fyddaf yn cerdded i lawr o'r gât at y goeden. Yna, ar ôl dringo lan i'r gadair yn y canghennau, fe fyddaf yn aros yn dawel am beth amser. Bydd y goeden yn dechrau mwstro eto. Sŵn adar yn neidio o frigyn i frigyn. Ychydig nodau o gân gan ambell un. Ac yna cyn hir, fe ddaw un o'r cwningod i'r golwg.

Y clustiau hiraf fydd y rhai cyntaf i fentro mas o un o dyllau'r clawdd. Bydd y sganars yn troelli i bob cyfeiriad. Bydd yn mentro'n uwch ac yn uwch lan y clawdd nes ei fod wrth un o'r polion ffens. A bydd y clustiau'n dal i dynhau'n fain i bob cyfeiriad. Os byddai'n fodlon fod y cae'n ddiogel, byddai'n rhoi arwydd i'r gweddill. Curo'r ddaear y bydd e, meddai Tad-cu. Fydda i byth yn clywed na siw na miw, ond byddaf yn ddigon ffodus i weld un o'r coesau ôl yn drymio'r pridd weithiau. O fewn dim, bydd hanner dwsin o gwningod eraill yn sboncio mas o'u tyllau ac yn whare cwato ym môn y clawdd.

Rhaid imi fod yn hollol lonydd ar adegau fel hyn. Prin dynnu f'anadl. Bydd y cwningod mwyaf yn mentro ymhellach ac ymhellach i ganol y cae rhag denu perygl yn rhy agos at y nyth. A bydd y lefrod – y cwningod bychain – yn cael randibŵ fawr wrth y clawdd. Yn nes at y tyllau. Fe fydda i'n ceisio craffu a dilyn y cwningod mwyaf drwy borfa canol y cae, ond yn fuan iawn, bydd yn anodd eu canfod, oni bai fod Ffan y ci defaid yn cyfarth ar y clos. Bydd y sganars sain yn saethu lan wedyn!

'Co fe! Mae Clustiau Sganars wedi dod o'r ddaear ac mae'n dringo i'w dŵr gwylio wrth y ffens. Ydi, mae popeth yn dawel. Fel hyn mae hi i fod. 'Co un arall ... ac un arall. O, mae yna fwy o rai bychain erbyn hyn ... Mae'n anodd cyfri ...

Hei! Mae rhywbeth o'i le. Mae'r sganars yn yr awyr. Mae'n rhaid bod y rhybudd wedi'i roi. 'Co'r lefrod yn mynd ar wib yn ôl i'r tyllau. Mae 'na gynnwrf yng nghanol y cae hefyd wrth i'r cwningod mwyaf redeg yn igam-ogam am ddiogelwch. A'r olaf i fynd o'r golwg, wrth gwrs, ydi Mr Clustiau ei hunan. Beth sydd wedi'u cyffroi, tybed?

Edrych tua'r afon roedd y gwyliwr cyn troi a phlannu'i hunan yn y ddaear. Ond wela i ddim byd i'r cyfeiriad hwnnw. Mae'n dawel ar y clos hefyd. A! Gallaf weld rhywun nawr. Mae'n dod ar hyd llwybr glan yr afon. Does dim i'w glywed, yn ôl fy nghlustiau i ond dyna ni, nid sganars sydd gen i. Un welaf i. Bachgen ifanc, ddwedwn i. O, dal sownd – mae ganddo gi hefyd. Dod am dro a hithau'n bnawn mor braf, siŵr o fod.

Milgi. Dyna yw'r ci – milgi. Tua'r unig gi sy'n ddigon cyflym i ddala cwningen ...

3.

Rwy'n gwylio'r bachgen yn cerdded yn nes. Peth prin ydi gweld rhywun yn mynd am dro ar hyd y tir. Cwm tawel a diarffordd yw'n cwm ni.

Mae'r bachgen yn cyrraedd gât isaf y cae ac mae'n dringo drosti. Daw'r milgi drwyddi. Maen nhw yn ein cae ni erbyn hyn, ac rwy'n eithaf siŵr fy mod yn gwybod beth sydd ar droed. Bachgen pryd tywyll tua'r un oedran â fi yw e, yn gwisgo cot laes drwchus. Mae'n galw ar y milgi. Er ei fod yr ochr draw i'r cae oddi wrth fy nghoeden i, rwy'n gallu clywed ei lais cryf yn glir.

"Mic. Mic! Dere 'ma! Gwas y Dic! Dere fan hyn!"

Mae'r milgi'n ufuddhau ac mae'r bachgen yn plygu i chwalu ychydig o ddail ifanc ym môn y clawdd. Wrth wthio'i law i'r ddaear o dan hen wreiddiau, mae cyffro yn ei lais.

"Fan hyn! Myn yffach i, Mic! Dere!"

Ond nid yw'r milgi'n cynhyrfu rhyw lawer wrth ffroeni o gwmpas ceg y twll y mae'r bachgen wedi'i ganfod yn y clawdd. Hen dwll cwningod sy 'na. Mae'n rhy agos at yr afon yr adeg hon o'r flwyddyn i gwningod dwrio ynddo. Dangosodd Tad-cu imi sut roedd y cwningod yn y tyllau yn y rhan uchaf o'r clawdd yn y gwanwyn cynnar gan fod llifogydd yr afon wedi llenwi'r tyllau isaf gyda llaid adeg glawogydd a llifogydd y gaeaf. Yna, wrth i fwy a mwy o lefrod gael eu geni a phan fydd y tywydd yn sychu at yr haf, bydd teuluoedd y cwningod yn ymestyn at y tyllau sy'n nes at yr afon. Ond mae'r bachgen a'i filgi yn rhy gynnar wrth y gwaith o'u hela yn y rhan 'co o'r cae, mor fuan â hyn ar ôl y Pasg.

Hela. Dyna'n union sy'n digwydd ym mhen 'co'r cae. Mae'r bachgen wedi dod i roi cynnig arni ar ein tir ni. Mentro'i lwc. Beth mae e'n ei wneud nawr? Mae'n tynnu rhywbeth gwyn o boced ddofn ei got fawr. Ac mae'n symud yn ei law! Fferet yw hi. Mae'r creadur bach ffyrnig hwnnw'n ddigon cul a main i wthio'i hunan i lawr twll cwningen a hala cymaint o ofan ar y creaduriaid bach nes eu bod nhw'n gwibio o'r ddaear i'r cae agored. A dyna pryd y bydd y milgi yn eu dala.

Mae hi'n amlwg fod y bachgen wedi paratoi. Falle mai newydd gael y fferet yn anrheg mae e a'i fod yn awyddus i gael helfa dda cyn mynd adref. Wel, chaiff e'r un gwningen yn y clawdd 'co.

Ond beth petai e'n gweithio'i ffordd o amgylch y cae a dod at y tyllau sydd o dan fy nghoeden i?

Mae wedi gollwng y fferet i lawr y twll cyntaf. Mae wedi diflannu o'r golwg ac mae'r bachgen a'i filgi yn sefyll yn ôl i gadw llygad am unrhyw symudiad mewn mannau eraill ar y clawdd. Ond does dim un creadur yn gwibio o'r tyllau o flaen dannedd miniog y fferet.

Beth wnaf i?

Fe allen i weiddi arno o ben y goeden a cheisio hala ofan arno fe. Ond dyw e ddim yn edrych y teip i'w baglu hi wrth glywed llais bachgen arall, chwaith. Fe allen i afael yn y brigyn trwchus yna wrth fôn y clawdd a mynd draw ato a'i fygwth. Ond mae gydag e gi hefyd. A falle fod natur gas gydag e. A falle fod y bachgen yn gryfach na fi, er ein bod ni tua'r un oed.

Beth fyddai Tad-cu wedi'i wneud, tybed? A dyna pryd y clywaf ei lais yn fy mhen yn rhoi eto'r gair o gyngor a gefais ganddo cyn gêm rygbi rhwng Ysgol Llangyndeyrn ac un o ysgolion Cwm Gwendraeth Fawr. Roedd y tîm arall yn edrych yn fois mawr ac yn taflu'r bêl yn bwrpasol a deheuig o'r naill i'r llall wrth dwymo lan cyn y gêm.

"Wy'n siŵr fod rhai o'r rhain wedi dechre siafo!" meddai Tad-cu. "Ond cofia di, Gareth – os nad wyt gryf, bydd gyfrwys."

Ac roeddwn innau'n deall yn union beth roedd hynny'n ei feddwl ar y cae rygbi. Roeddwn i wedi bod ar Barc y Strade ac wedi gweld maswr bach Llanelli yn gwau cylchoedd o amgylch blaenwyr mawr rhyw dîm o Loegr. Gwib fach, ochrgamu, ffugio pàs, newid cyfeiriad – roedd e fel un o gwningod y ddôl a doedd neb yn gallu cyffwrdd blaen bys ynddo fe.

Ond beth mae hynny'n ei feddwl nawr? 'Os nad wyt gryf, bydd gyfrwys.' Mae'r fferet wen wedi codi'i phen mas o dwll arall yn uwch lan y clawdd. Bydd y bachgen yn mynd â hi at ran arall o'r cae nesaf. Mae'n gweithio ei ffordd rownd a bydd yn nesáu at fan hyn. Mae'n rhaid i mi ei gadw draw o'r goeden hon.

Yn raddol, daeth hedyn syniad i fy mhen. Cofiais am rywbeth a ddigwyddodd ar ffarm cymydog i ni ychydig cyn y Pasg. Daeth dau ddyn i gerdded ar dir Glanyrynys heb ganiatâd. Gweithio i Gyngor Abertawe roedden nhw ac mae

sôn wedi bod yma fod Abertawe eisiau boddi Cwm
Gwendraeth Fach i greu cronfa ddŵr anferth ar gyfer
diwydiannau sir Forgannwg.

"Wnewn nhw byth lwyddo!" heriodd Dad yn hollol
bendant. "Boddi mil o aceri o dir amaethyddol da yn y cwm
yma – chlywes i eriôd shwt ddwli!"

Ond doedd Mam ddim mor siŵr.

"Mae hi'n gywilyddus beth sy wedi digwydd yn
Nhryweryn," meddai hi'n ofidus. "Ond bwrw mlân a chwalu'r
capel a'r ysgol a'r tai a boddi'r fro i gyd er mwyn ca'l dŵr i
Lerpwl wnelon nhw."

"Fydd dim un Tryweryn arall yng Nghymru!" cododd Dad
ei lais. "Allen ni ddim caniatáu i hynny ddigwydd eto, does
bosib?"

Fuodd hi'n weddol dawel am hynny i gyd ers sbel ac
roeddwn i'n credu'n gryf bod Dad yn llygad ei le. Ond yn
ystod yr wythnos cyn y Pasg eleni fe welwyd y dieithriaid hyn
ar dir Glanyrynys.

"Sbeis oedden nhw," eglurodd Jac Coed-y-carw a ddaeth i
adrodd yr hanes wrth Dad. "Sbeis Abertawe yn dod i whilo am
le diogel i godi argae. Maen nhw isie cloddio i archwilio natur
y graig ar waelod y dyffryn. Gwneud twlle sgwâr pum
troedfedd ar hugain o ddyfnder. Bydd isie peiriannau cloddio
mawr a deinameit i whythu'r graig."

"So nhw'n mynd i ga'l gwneud hynny heb ofyn i ni'r
ffermwyr yn gynta," atebodd Dad. "So nhw'n mynd i ga'l hyd
yn oed archwilio'r tir heb ganiatâd."

"Pa wahaniaeth gan fois pwysig o'r dre am ganiatâd rhyw
damed o ffermwr?" oedd sylw Mam.

"Mae ffermwyr yn bwysig hefyd, Mami," mynnodd Nia, oedd yn gwrando'n astud ar y sgwrs.

Ond y diwrnod ar ôl hynny, roedd ffermwyr y cwm wedi dod at ei gilydd yn un crowd ac wedi dod wyneb yn wyneb ag un o sbeis Abertawe. Ar glos ffarm Allt-y-cadno y digwyddodd hynny. Gyda Mr Rees y Gweinidog a William Thomas y Cynghorydd Sir ar y blaen, fe ddwedon nhw wrth y gŵr oedd wedi dod i fesur y tir eu bod nhw wedi dod i'w rwystro rhag gwneud ei waith.

"So i yma i godi stŵr," meddai Jones Bach y Dŵr, fel roedd y sbei hwnnw yn cael ei adnabod yn y cwm erbyn hyn.

"Well iti fynd sha thre 'te," roedd Dad wedi'i ddweud wrtho fe.

"Ond rhaid ichi ddeall fod gen i ddyletswydd ..."

"Yr unig ddyletswydd sy arnat ti yw gwneud yn siŵr dy fod yn gofyn caniatâd ffermwr cyn mynd i grwydro ar ei dir e," meddai Mr Rees yn gadarn.

"Wel, gaf i fynd ar gaeau Allt-y-cadno 'te?" holodd Jones Bach y Dŵr.

"Na chei," oedd ateb Eirwyn Allt-y-cadno.

A dyna fe. Dyna ddiwedd ar hynny. Bu'n rhaid i Jones Bach neidio yn ôl i'w landrofer a gadael y cwm y diwrnod hwnnw. Ond fe ddaw e 'nôl. Bydd angen delio gyda rhai mwy nag e y tro nesaf, meddai Jac Coed-y-carw. Bydd yn rhaid i bob un ohonom ni gadw llygad barcud ar unrhyw ddieithriaid sy'n crwydro'r ardal.

Mae'r llinell honno yn fy mhen i'n awr. Dyma fi'n llithro'n dawel i lawr y fasarnen a cherdded lan y clawdd at y gât i'r clos rhag fy mod yn tynnu sylw at y tyllau cwningod sydd o dan fy nghoeden i. O'r gât, rwy'n chwifio fy mraich ar y bachgen a gweiddi "Hoi!"

Mae'n codi'i ben a throi i edrych arnaf i. Rwy'n dechrau cerdded ar draws y cae tuag ato.

4.

Wrth nesu, rwy'n gallu gweld bod ei got yn gwneud iddo edrych yn fwy nag ydyw mewn gwirionedd. Wyneb hir, main sydd ganddo o dan ei wallt tywyll. Esgyrnog yw ei gorff hefyd, ond mae'n edrych yn ddigon gwydn.

"Odi'r ci yna ar goler a chorden gen ti?" yw fy nghwestiwn cyntaf.

"Na, mae e'n olreit fel mae e."

"Ddim a hithe'n ddyddie'r ŵyn bach," yw fy ateb innau. "Ddim ar unrhyw adeg ar dir fferm, a dweud y gwir wrthot ti."

"Does 'da Mic ddim didordeb mewn cotiau gwlân."

"Pwy wyt ti 'te?"

"Terry."

"O's dim rhagor na hynny i'w ga'l?"

"O'Connor."

"Terry O'Connor. Gwyddel, ife?"

"Fan'no roedd y teulu amser maith yn ôl."

"Terry." Mae'n amser i mi gyflwyno'r llinell honno nawr. "Smo ti – na neb arall – yn gallu dod ar y tir yma heb ganiatâd."

"Ar y llwybr wyf i."

"Does dim llwybr wrth y clawdd 'ma."

"Af i i ofyn i'r bos 'te," ac mae'n rhoi'r fferet o'r golwg yn nyfnder poced ei got ac yn edrych tua'r ffermdy.

"Mae croen ei din e ar ei dalcen e ar hyn o bryd," meddaf innau. "Adeg wyna. Fe fydde fe'n benwan walics 'tae e, ac nid fi, wedi dy weled di fan hyn."

"Af i i ofyn iddo fe a o's isie help arno fe i ga'l gwared ar y pla cwningod 'te. Mae e bownd o fod yn rhy brysur i wneud hynny ei hunan ac wy'n siŵr y bydde fe'n itha balch o ga'l help llaw."

"Does dim pla cwningod fan hyn."

"Mae'u twlle nhw yma."

"Mae'r afon yn llifo dros y caeau hyn i gyd yn y gaeaf. Roedd digon o lif i'w ga'l yma ddoe hefyd." "Roedd y twlle 'ma i gyd wedi'u llanw gyda dŵr."

"Ie, wel roedd Ffebi," ac mae'n rhoi tap ar y fferet ym mhoced ei got, "yn dweud ei bod hi'n dawel yma."

"Pen ucha'r cwm, ar gwr y coed mae'r cwningod."

Mae Terry'n oedi ac yn edrych arna i gyda'i lygaid yn culhau.

"Wyt ti'n hela 'te?"

"Wy'n gwbod lle maen nhw."

"Pen ucha'r cwm, yn y tir gwyllt?"

"Ie, neu i lawr ar y tywod ar bwys Cydweli."

"O's, mae digon i ga'l yn fan'no."

"Un o fan'no wyt ti 'te?"

"Mynyddygarreg."

"Mynyddygarreg?" Rwy'n cofio'n awr am rywbeth arall fu rhwng Dad a Jac Coed-y-carw. "Sdim ots gan bobol yn is i lawr bod rhai moyn boddi'r cwm 'ma, yn nag oes?"

"Ddim byd o'n busnes ni …"

"Tir tri deg pedwar o ffermydd dan ddŵr!" Mae fy llais i'n dechrau codi nawr. "A does dim ots gen ti ..."

"Sdim isie mynd yn flin, o's e?"

"Beth pe bai yna grac yn yr argae yn Llangyndeyrn?" gofynnaf. "Bydde'r dŵr yn llifo i lawr y cwm ac yn golchi Cydweli a'i gastell i'r môr."

"Ti'n itha reit yn fan'na. Ond nage ffermwyr mowr y'n ni yn y pentre 'co."

"A nage dal ein dwylo drwy'r dydd a mynd i whilo am gwningod ry'n ninne'n ei wneud chwaith."

"Whant newidieth oedd ar Mic a finne."

"Gest ti daith ofer, mae arna i ofn," ac rwy'n synhwyro bod y ddadl yn troi o 'mhlaid i nawr.

"Ddo' i 'nôl yn yr haf 'te."

"Mae'r milgi 'na'n fain gyda ti."

"Y main sy'n hela."

"Ddim heb ganiatâd, cofia."

Gyda nod, mae'n galw ar ei gi a'i chychwyn hi'n ôl am yr afon. Rwy'n ei wylio'n gadael y cae a cherdded i lawr y cwm.

Af innau lan at y gât i'r clos ac ar ôl camu drosti, rwy'n pwyso arni ac edrych yn ôl i lawr y cae at fy nghoeden i. Rwyf yno am sbelen go lew ond cyn bo hir ... 'co fe! Mae Clustiau Sganars yn ôl ar ben y clawdd. Ydyn, mae'r cwningod yn bwyta porfa ac mae'u niferoedd nhw'n gallu cynyddu'n gyflym, gan fynd yn bla weithiau. Gall un fam gwningen gael hyd at wyth o lefrod mewn tymor – dyna ddwedodd Tad-cu wrthyf i un tro. Ond teulu bach sydd yn y clawdd 'co ar hyn o bryd.

Roedd Tad-cu'n hela cwningod, wrth gwrs. Roedd e'n cael

arian da amdanyn nhw, meddai fe. Adeg y rhyfel, roedd lorri'n dod o amgylch ffermydd y cwm a rhai o'r cymoedd eraill ac yn cario'i llond hi i farchnad Abertawe. Neu i'r farchnad ddu, falle – oherwydd roedd rashwns ar gig bryd hynny, a phrisiau da am gig cwningod. Roedd Tad-cu'n gallu gwneud cyflog bach teidi, medde fe. Ond pwy sy'n bwyta cwningod y dyddiau hyn? Does neb yn brin o fwyd ffordd hyn bellach.

Ar draws y meddyliau hyn, daw gwaedd gyfarwydd o'r ochr draw i'r clos.

"Gareth! Hoi!"

Ianto Coed-y-carw sydd yno. Rwy'n croesi ato ac ymhen sbel fach mae'n troi at y newydd y mae'n ysu am ei rannu.

"Shwt ych chi lan 'co ar ôl y busnes 'na ddoe?" yw fy nghwestiwn cyntaf.

"Mae Dad yn olreit erbyn heddi. Digon o bethe eraill ar ei feddwl e," ateba Ianto. "Glywest ti 'te, Gareth?"

"Clywed beth?"

"Cyfarfod y Pwyllgor Amddiffyn, bachan. Yr un fuodd neithiwr."

"O ie, Ianto. Fuodd Dad yno."

"Beth ti'n feddwl, 'te?"

"Beth nawr?"

"Pawb yn mynd â'i dractor drwy Abertawe i brotestio, bachan! O jiw – dyna iti olygfa fydde honno! Dod i lawr heibio Parc Singleton, ar hyd glan y môr ac i mewn ar ein penne i Kingsway a bloco'r holl dre at y steshon! Bîb-bîîîb – canu corn mawr a phosteri, 'NI CHEWCH FODDI'R CWM'; 'HANDS OFF LLANGYNDEYRN!'"

"'Na beth sy mlân, ife?"

"Paid swno mor ddiasgwrn-cefen, bachan! Ble mae'r tân yn dy fola di, gwed? Mae'n rhaid dysgu gwers i bobol Abertawe yna!"

Ar hynny, daw Nia o'r tŷ yn cario cwrcyn mawr yn ei breichiau.

"Dyna ti, Twm bach. Dere di 'nôl nes mlân, pws, pan fydd Mami ddim mor grac 'da ti."

"Twm BACH!" meddaf innau. "Mae'r llew yna wedi bod yn llond y mat o flaen y stof ers oriau, siŵr o fod, ac o dan dra'd Mam, druan."

"Hei, Nia!" Mae Ianto ar frig y don erbyn hyn. "Wyt ti am ddod gyda ni yn y Fyddin Dractors i Abertawe, neu beth? Mae dy frawd di'n dechre ca'l tra'd oer!"

"Na, nid tra'd oer, Ianto. Roedd Dad yn dweud bod rhai yn erbyn mynd i ymladd y frwydr ar eu tir nhw."

"Ond dychmyga'r olygfa! Tri deg pedwar o ffermwyr ar dri deg pedwar o dractors yn llenwi'r dref! Fe fydde fe yn y papurau i gyd. Ac ar y BBC falle."

"A bydd rhai pobol yn ddigon parod i wherthin am ein penne ni hefyd: 'Co nhw, cefen gwlad yn dod i'r dre yn drewi o dom! Smo nhw'n deall beth yw angen dŵr 'chos smo nhw byth yn molchi!"

"Wy'n wmolch nos a bore," meddai Nia. "A Twm hefyd."

"A diawch eriôd, fe fydde hi'n sbri, bachan!" Mae Ianto yn dal ar dân.

"Ond fan hyn mae'n patshyn ni. Ry'n ni'n nabod yr hewlydd a'r caeau fan hyn. Mae Dad yn dweud bod isie inni ddewis ymladd ar ein tir ein hunain a'u gorfodi nhw i ddod aton ni."

"Ond mae angen ca'l sylw'r papure, bachan."

"Allen ni ga'l hwnnw fan hyn. Maes y gelyn yw Abertawe; ar lannau Gwendraeth Fach mae maes y gad. Dyna beth mae Dad yn ei ddweud, ta beth."

Mae distawrwydd rhyngom wedyn. Nid tawelwch chwithig, chwaith. Pawb yn ddwfn yn ei feddyliau ei hunan. Rwy'n taflu cip i lawr at yr afon. A fyddai Terry O'Connor wedi ildio mor gynnar 'tae e ar ei dir ei hun, tybed?

"Maes y gad," meddai Ianto yn y diwedd. "Ti'n hala fi feddwl am Faes Gwenllïan, bachan."

"Gwenllïan," meddai Nia. "Mae Mrs Roberts newydd fod yn adrodd hanes y dywysoges wrthon ni cyn y Pasg."

"Dere!" meddai Ianto, wedi cael gwynt newydd yn ei hwyliau nawr. "Gad inni fynd i lawr y cwm i olwg Maes Gwenllïan. Awn ni ar ein beics! Mae 'da ni'r pnawn cyfan o'n blaenau!"

"A fi! Wy'n dod hefyd!" meddai Nia'n gyffro i gyd.

"Wyt ti wedi anghofio mai dim ond deg oed wyt ti, Nia fach?" ceisiaf esbonio wrthi. "Allith croten fyth ddala lan gyda dou Olympic fel Ianto a finne."

Ond does gen i ddim gobaith. Mae'i gên hi'n sgwâr a'i phen yn ôl.

"Rwyt tithe wedi anghofio rhywbeth, Gareth. Croten oedd Gwenllïan hefyd!"

5.

"Mae'r gwybed mân yma'n bla!" gwaedda Nia wrth geisio cadw rheolaeth ar ei beic a chwalu'r cwmwl o glêr sydd dan y coed.

"Cysgod y coed a dŵr yr afon sy'n eu denu nhw," meddaf.

Mae'r tri ohonom wedi beicio i lawr o Langyndeyrn i Bontantwn, croesi'r afon ac yna cadw i'r dde gan ddilyn afon Gwendraeth Fach am rai milltiroedd. Hewl fach gul a gwledig yw hon, ac mae coed trwchus ar lannau pyllau'r afon.

"Does dim yn waeth na cha'l llond pen o wybed wrth fynd ar wib gyda dy geg ar agor!" meddai Ianto dan chwerthin.

"Ych-a-fi!" poera Nia.

"Wel, cau dy ben, felly, yw fy nghyngor inne."

Cyn hir, daw Fferm Gwenllïan i'r golwg ar y chwith. Mae'r tri ohonom yn dod oddi ar ein beics ac yn eu rhoi i bwyso ar y gât i'r cae. Mae rhyw dawelwch fel cysgod yma nawr.

"Roedd Mrs Roberts yn yr ysgol yn dweud wrthyn ni ei bod hi'n dda inni ddod yma am dro i weld y lle," meddai Nia. "Hwn, gyferbyn â'r ffarm, ydi Maes Gwenllïan, yntefe?"

"Ie, dyma lle bu'r frwydr," meddaf innau. "Roedd y Cymry'n gwersylla ar lechwedd Mynyddygarreg fan 'co ac yn meddwl eu bod nhw'n ddiogel dan gysgod y graig."

"Lle roedd y Normaniaid 'te?" yw cwestiwn Nia.

"Roedd 'na fyddin ohonyn nhw wedi sleifo mas o gastell Cydweli ac yn treulio'r nos wrth yr afon rywle fan 'co, siŵr o fod," meddai Ianto, gan edrych dros Faes Gwenllïan at y coed a'r afon.

Ar hynny, rydyn ni'n clywed llais cynnes y tu ôl i ni.

"A beth mae dou grwt a chroten yn ei wneud ffor' hyn 'te?"

Wrth droi i'w gyfeiriad, rydym yn gweld gŵr mewn welingtons, trowser rib a chap ar ei ben.

"Dy'n ni ddim yn gwneud dim o'i le," meddai Nia ar ei hunion.

"Wedi dod i lawr o Langyndeyrn ry'n ni," esbonia Ianto.

"Ar drywydd hanes Gwenllïan, ife?" Mae gwên fawr ar wyneb y ffermwr. "John Edwards, Fferm Gwenllïan, ydw i. Dewch gyda fi i mewn i'r cae."

"O! Gawn ni fynd ar Faes Gwenllïan!" Mae'r cyffro yn amlwg yn llais Nia.

"Wel, wrth gwrs, a chithe wedi dod cyn belled." Mae John y ffermwr yn agor y gât ac yn eu tywys i ganol y cae. "Dyma faes y gad, blant. Ry'ch chi'n gyfarwydd â'r hanes. Gwenllïan yn arwain byddin fach o Gymry o ben uchaf dyffryn Tywi a'i dau fab gyda hi."

"Morgan a Maelgwn," meddai Nia.

"Da 'merch i! A'r tri ohonyn nhw'n ca'l eu lladd yn y cae hwn. Mae'n hanes trist iawn."

"Ond roedd llawer mwy o Normaniaid, yn doedd e?" gofynna Ianto.

"O'dd, o'dd – roedd Normaniaid yng nghastell Cydweli ond roedd byddin fawr wedi glanio ym Morgannwg ac yn dod tua'r gorllewin, gan ddod y tu cefen i fyddin Gwenllïan," meddai John y ffermwr.

"Mae'r cwm yn gul fan hyn," meddaf.

"O'dd y Cymry wedi'u harwain i drap?" hola Ianto.

"Dyna'r stori, 'twel," esbonia'r ffermwr. "Doedd Gwenllïan ddim yn nabod yr ardal. Ar y pryd, roedd ei gŵr hi lan sha'r gogledd yn codi byddin. Roedd hi wedi ca'l ei thynnu o greigiau a choedwigoedd blaenau Tywi i ddod i lawr fan hyn lle roedd y Norman yn barod amdani."

"Mae'n wir," meddaf. "Mae isie ymladd brwydrau ar ein tir ein hunain, yn do's e?"

"Ti'n itha reit, grwt." Mae'r ffermwr yn dechrau mynd i hwyl. "Ond cofiwch chi, mae sôn bod bradwr ymysg y Cymry ..."

"Bradwr?" Mae Ianto'n edrych yn syn.

"Ciwed greulon oedd y Normaniaid. Roedden nhw'n fodlon dwgyd tir drwy unrhyw ffordd bosib. Roedd gyda nhw ddigon o filwyr a cheffylau, llongau a chestyll – ond roedd y Cymry'n dal eu tir. Fe gafodd y Cymry fuddugoliaeth fawr yn eu herbyn nhw sha Abertawe rhyw ddou fis cyn brwydr Gwenllïan. A beth wnaeth y Normaniaid oedd chwilio am wendid, denu gwbodaeth â darnau arian."

"A fe wnaeth un o'r Cymry fradychu ei bobol ei hunan!" Mae llygaid Nia'n fawr fel soseri.

"Dangos y llwybrau iddyn nhw a'r mannau i groesi'r afon, mae'n debyg," meddai'r ffermwr. "Wedi tynnu Gwenllïan a'i

byddin i lawr fan hyn, fe wnaeth rhywun arall arwain y
Normaniaid y tu ôl i grib y mynydd 'co ac i lawr tu cefen i'r
Cymry."

"Ond fe gododd y Cymry i ddial am farwolaeth Gwenllïan,
yndofe?" Mae tân yn llygaid Nia.

"Do, 'merch i!" meddai'r ffermwr gyda gwên. "Doedd fawr
o Normaniaid ar ôl yn y gorllewin 'ma ar ôl i'r Cymry gipio'u
cestyll fesul un. Y Cymry oedd yn drech ar ôl 'ny – a do'dd
dim bradwr yn eu mysg nhw wedyn."

"'Na beth ofnadw yw bradwr, yntefe?" meddai Ianto.

"Wel, blant – chi bownd o fod yn sychedig fel ych ar ôl y
beicio yna. Dewch i'r tŷ gyda fi i ga'l rhywbeth i'w yfed 'da
Catrin."

A chroeso da sy'n ein disgwyl yn y ffermdy hefyd –
lemonêd o ffatri bop Tovali a phice bach ar y maen gan
Catrin, y wraig fferm. Mae'r tri ohonom yn cael te braf cyn
dechrau ar y daith yn ôl am Langyndeyrn. Ond gweddol dawel
ydyn ni wrth feicio lan y cwm, cyn cael hoe fach ar y bont ym
Mhontantwn.

"Mae'n anodd credu y galle afon mor fechan foddi cwm
cyfan, on'd yw hi?" meddai Ianto'n fyfyrgar wrth edrych i lawr
ar y dŵr.

"Gad dy gleber, Ianto!" cerydda Nia. "Ti'n dechrau swnio
fel bradwr!"

"Gobeithio nad o's bradwr yn ein cwm ni y dyddie hyn, ta
p'un 'ny," meddaf innau. Mae rhyw dywyllwch yn y geiriau
sy'n creu distawrwydd ar y bont.

Am weddill y daith adref mae'r tri ohonom yn cadw golwg

dros ben y cloddiau rhag ofan bod rhyw swyddogion o Abertawe yn crwydro'r caeau heb ganiatâd. Ond welon ni ddim un.

6.

Mae Hywel a Siân Morgan, rhieni Gareth a Nia, a Defi'r brawd hynaf wrth fwrdd y gegin yn ffarm Dolffynnon.

"Dy'n ni damed callach o fynd o flaen gofid, Siân fach," meddai Hywel. "Mae'n rhaid inni ddangos nerth er mwyn y plant 'ma."

"Ond maen nhw moyn dod ar ein tir ni heb ganiatâd, Hywel. Dyna pam fod swyddogion Abertawe wedi galw am y gwrandawiad 'ma."

"Arwydd o gryfder yw hyn. Mae ffermwyr y fro wedi aros gyda'i gilydd fel un gŵr, yn gwrthod i'r un swyddog ga'l mynediad i'n tir ni."

"Ry'n ni wedi ennill y rownd gynta," meddai Defi.

"Ond beth fydd yn digwydd pan gân nhw'r hawl i fynd a dod fel y mynnon nhw?" Mae pryder Siân yn gwneud iddi godi'i llais.

"Hisht, Siân fach. Paid â rhoi achos i'r plant ga'l poen meddwl."

"Bydd yn rhaid iddyn nhw ga'l gwbod yn hwyr neu'n hwyrach."

"Ac mae hon yn ail fuddugoliaeth inni. Maen nhw'n gorfod dod i'n cwrdda yn neuadd Llangyndeyrn, ar ein tir ni ein hunain," pwysleisia Hywel. "Roedden nhw am gynnal y gwrandawiad yng Nghaerfyrddin neu yn Llanddarog, ond ffaelon nhw ga'l caniatâd i ddefnyddio adeilad pwrpasol. Mae llawer o bobol y sir yn gefen inni."

"Pa wahaniaeth lle mae'r cyfarfod mowr?" meddai Siân yn benisel. "Y nhw fydd yn gweud wrthon ni beth fyddwn ni'n ca'l gwneud a ddim ei wneud yn y diwedd."

"Ond mae protest i fod cyn hynny," meddai Hywel gan rwbio'i ddwylo'n awchus. "Mae'n bwysig bod y fro gyfan yn dangos nerth y teimlad drwy orymdeithio drwy'r pentre ac ymgynnull o flaen y neuadd cyn i'r bobol fowr fynd i mewn i'r gwrandawiad. Ac mae isie i'r plant ..."

"Ond alli di ddim eu tynnu nhw mas o'r ysgol ar ddydd Mercher, Hywel," meddai Siân Morgan yn ofidus.

"Mae'n bwysicach eu bod nhw fan hyn yn ymladd dros y cwm!" mynna Defi ac mae Hywel yn ei gadael hi'n y fan honno am y tro.

* * *

Dros y dyddiau nesaf, mae cryn baratoi posteri ar gyfer yr orymdaith ar fwrdd ein cegin ni.

"Shwt mae sillafu 'fandalwyr'?" gofynna Nia.

"Ti'n gweld, Siân fach?" meddai Dad. "Mae hyn yn addysg i'r plant 'ma!"

Erbyn y diwrnod mawr, 26ain o Fehefin, roedd y Pwyllgor Amddiffyn wedi trefnu bod y plant yn arwain yr orymdaith. Am naw o'r gloch, daeth prifathro ysgol y pentref mas i glos yr ysgol i alw'r plant i'w dosbarthiadau – ond doedd yr un enaid byw wedi dod drwy'r gatiau! Cyn hanner awr wedi naw, mae dros bedwar cant o bobol a phlant wedi ymgasglu ar sgwâr y pentref. Mae hi'n fore heulog a hwyliau da ar bawb. Daeth rhai yno o bell, wedi clywed am ymdrech yr ardal i amddiffyn eu tai a'u tir ac wedi dod yno i ddangos cefnogaeth. Ond pobol leol yw'r mwyafrif llethol sydd yma. Mae pob teulu, pob tŷ, pob ffarm yno, yn gadarn gyda'i gilydd. Ac mae gwên lydan ar wynebau arweinwyr y Pwyllgor Amddiffyn.

"Dyma beth yw nerth!" meddai William Thomas y Cynghorydd Sir a chadeirydd y Pwyllgor Amddiffyn. "Mewn undod mae nerth, myn yffarn i!"

"Roeddwn i'n lladd gwair y bore o'r bla'n," meddai ffermwr Allt-y-cadno, "ac wrth feddwl falle na fyddwn i'n ca'l cynhaeaf ar y caeau hyn ar ôl eleni, roedd y rhesi'n mynd yn gam i gyd!"

"Gei di dy wair, paid ti â phoeni," meddai un arall gan gau ei ddwrn i bwysleisio pob gair.

"Mae cyfiawnder o'n plaid," meddai'r Parchedig William Rees, sy'n mynd dros ran o'r araith y byddai'n ei thraddodi yn ddiweddarach. "Mae lladron y dŵr yn llygadu llawer cwm yng Nghymru y dyddiau hyn ac os enillwn ni'r dydd, bydd yn symbyliad i eraill i ddilyn ein hesiampl."

"Os enillwn ni? Does dim colli'r dydd i fod!" meddai un arall, yn amlwg yn dechrau cynhyrfu.

Dyma'r stiwardiaid yn dechrau trefnu'r orymdaith nawr. Mae Defi fy mrawd ymysg y rheiny. Y plant a'u baneri a'u posteri cartref sydd ar y blaen. Mae'r neges yn glir arnyn nhw:

"Ni chaiff bro ein mebyd fynd dan y dŵr."

"Hands off Llangyndeyrn."

Ac wrth gwrs:

"Ataliwn y Fandalwyr –
NI CHÂNT FODDI'R CWM."

"Pedwar cant!" meddaf i wrth Ianto mewn rhyfeddod. "Dim ond dau gant oedd ym myddin Gwenllïan, medden nhw!"

"Ac mae'n edrych fel maes y gad, Gareth!" meddai Ianto

wrth edrych yn ôl ar y llinell hir o brotestwyr.

"Shgwlwch!" meddai Nia gan chwifio'i braich. "'Co John a Catrin Edwards o Fferm Gwenllïan. Ac mae clamp o Ddraig Goch fawr gyda nhw!"

Dyma ddechrau cerdded – heibio swyddfa'r post a'r dafarn, troi cornel a mynd i gyfeiriad neuadd yr eglwys. Rydym ni sy ar y blaen yn gallu gweld dyrned o swyddogion pwysig Abertawe yn aros o flaen drws y neuadd. Ond does neb yn mynd i ddatgloi'r drws iddyn nhw am dipyn. Mae'u

llygaid yn syn a'u hwynebau braidd yn llwyd wrth weld y pedwar cant yn dod amdanynt! Ar y lawnt o flaen y neuadd, mae'r arweinwyr yn annerch y dyrfa ac yna mae pawb yn canu 'Hen Wlad fy Nhadau' cyn bod y drysau'n cael eu hagor.

"Dyna beth oedd canu," meddai Ianto.

"Sylwest ti fel y da'th rhyw nerth o'r cefen pan oedden ni'n canu'r geiriau 'gwrol ryfelwyr'?" holaf innau. "Roedd yn codi gwallt fy mhen i!"

Mae'n bryd i ni'r plant ei throi hi am ein hysgolion ond

mae tyrfa dda o bobol yr ardal yn llenwi'r neuadd i'r ymylon ar gyfer y gwrandawiad.

"Gawn ni'r hanes heno!" meddaf i wrth Dad wrth iddo wthio i mewn i'r neuadd gyda gweddill y dyrfa.

* * *

Mae'r haul yn aros yn uchel ar hyd y dydd, ond nid aeth ffermwyr Cwm Gwendraeth Fach i'w cynhaeaf gwair y diwrnod hwnnw.

"Fe wnaeth pawb siarad yn dda yn y gwrandawiad," meddai Dad wrthyf i a Nia amser swper. "Roedd pob ffermwr yn egluro'n huawdl wrth Syr Keith Joseph shwt bydde tyllau'r archwilwyr tir yn sarnu ein patrwm amaethu."

"Syr Keith Joseph – pwy yw e?" hola Nia.

"Fe yw cadeirydd y panel fydd yn gwneud y penderfyniad," meddai Siân Morgan. "Roedd e'n gwrando ar dystiolaeth y ddwy ochr a bydd e'n dod i benderfyniad mewn rhyw fis o amser."

"Pam y 'Syr' 'te?"

"O pwysig, parchus, dim whare," meddai Defi'n wawdlyd. "Mae e'n Farchog i'r Cwîn, twel."

"Marchog!" wfftiaf i. "Falle ei fod e'n farchog, ond mae 'da ni bedwar cant o filwyr!"

"Fuon ni wrthi o ddeg tan un ac o ddou o'r gloch tan bump yn cyflwyno ffeithie a dadleuon," meddai Dad.

"'Na beth o'dd stwffo gwellt nes ei fod e'n dod mas o'u clustie nhw!" meddai Defi.

"Beth o'dd 'da crowd Abertawe i'w weud, 'te?" gofynnaf.

"Roedden nhw'n dipyn o geiliogod yn y bore," meddai Dad. "Ond roedd crib ambell un wedi'i dorri erbyn y pump 'ma. Roedd pawb yn chwerthin am eu pennau pan fethon nhw ag ateb cwestiynau at y diwedd! All Keith Joseph byth wneud dim ond dyfarnu o'n plaid ni a gwrthod rhoi caniatâd iddyn nhw ddod ar ein tir ni os nad y'n ni'n cydsynio."

"Gall e wneud beth bynnag mae e moyn," meddai Mam. "Nid drwy wrando ar bobol fel ni y da'th e'n 'Syr'."

Mae hwyliau da ar bobol y cwm am rai wythnosau, ond yna yn niwedd Gorffennaf, dyma ergyd galed ac annisgwyl.

7.

Mae'r amlen fawr lwyd ar fwrdd y gegin amser paned ganol y bore. Ar ei hwyneb hi mae'r geiriau pwysig *On Her Majesty's Service*. Mae wedi'i hagor â chyllell yn ofalus gan Mam a bellach mae'r llythyr swyddogol wedi'i ddarllen a'i ailddarllen gan bob un ohonom. Mae hyd yn oed Nia fach wedi crychu'i thalcen a chanolbwyntio ar bob llythyren ynddo er mwyn ceisio gwneud synnwyr o'r neges Saesneg a bostiwyd atom.

"Y Syr Keith Joseph 'na!" llefodd Dad. "Y mwlsyn ag e! Mae e wedi gwrthod dadleuon Cwm Gwendraeth Fach. Mae e wedi ochri gyda swyddogion Abertawe ac yn rhoi'r hawl iddyn nhw archwilio'r caeau heb ofyn caniatâd y ffermwyr!"

"Marchog y Cwîn!" meddai Nia whap. "Mae isie clatsien ar ei ben-ôl e!"

"Wrandawodd y Syr Keith 'na ddim ar un gair wedon ni wrtho fe yn y neuadd," meddai Defi'n grac hefyd. "Dyw e'n hido taten bod cannoedd o dda yn pori'r tir rhwng Llangyndeyrn a Phorth-y-rhyd."

"*Majesty's Service* wir!" Mae Dad dan gwmwl yn ogystal. "Do's dim byd yn *majestic* obiti fe, o's e?"

"Ro'n i'n meddwl y bydden ni wedi ennill, a ninne ar ein tir ein hunain a phopeth," meddaf innau.

"Mae'r bobol hyn wedi arfer whare cath a llygoden gyda

rhai fel ni," meddai Mam. "Roedden nhw'n ddigon tawel y diwrnod hwnnw yn Llangyndeyrn, ond fis yn ddiweddarach maen nhw'n hala llythyr fel hyn aton ni o swyddfa ymhell i ffwrdd."

"Maen nhw'n meddwl bod ein tymer ni wedi oeri erbyn hyn," meddai Dad. "Maen nhw'n meddwl nad o's whant ymladd rhagor arnon ni."

"Wel, mae gwaith cnoi cil 'da fe Syr Keith, 'te," meddai Defi. "Smo'r cwm yn fodlon cilio fel ci a'i gwt rhwng ei goese!"

"Da iawn, Defi!" Mae wyneb Nia wedi goleuo eto.

"Ond mae'r gyfraith gyda nhw y tro hwn," yw rhybudd Mam. "Cyn hyn, roedd y gyfraith yn gwarchod ein hawlie ni. Roedd yn rhaid iddyn nhw ofyn am ganiatâd. Nawr mae'r gyfraith yn dweud y gallen nhw fynd ar y tir heb ofyn. Agor gât a mewn â nhw. Mae Syr Keith a'i gyfraith e sha Llunden wedi rhoi'r caniatâd iddyn nhw'n barod."

Mae tawelwch o gwmpas y bwrdd. Does neb yn cyffwrdd â'i baned.

"Mae'r Pwyllgor Amddiffyn yn cyfarfod heno," meddai Dad o'r diwedd. "Gawn ni weld beth fydd gan bawb i'w ddweud. Mae isie troi'r gwair ar y Ddôl Fawr i'w belo fe'r pnawn hyn yn gynta. Der, Defi."

Mas â nhw. Mae'r ysgol wedi cau ers pythefnos a gorffen y cynhaeaf gwair sydd wedi bod yn pwyso arnon ni fwyaf – nes bod y llythyr wedi cyrraedd bore heddiw. Dyw'r tywydd ddim wedi bod yn braf iawn ac mae pethe'n hwyr. Ond fe ddylem ni orffen cyn diwedd y dydd, meddai Dad.

So i'n cael gweithio'r peiriannau mawr, wrth gwrs. Mae

Defi a Dad ar y tractor yn trin y chwalwr a'r beiler, a chaf innau drin y rhaca fach i droi gwair bôn y cloddiau. Fe ddaw Ianto draw pan fydd byrnau bach fel parseli Nadolig ar hyd y caeau, a gyda'n gilydd byddwn yn gallu codi'r byrnau'n bentwr yn barod ar gyfer bois y tractor a'r trelar fydd yn mynd â nhw i'r sied wair. Chawn ni ddim trin y picffyrch i'w codi'n uchel, wrth gwrs. Mae digon o straeon am ddamweiniau wrth i'r pigyn fynd drwy foch y gwas neu hyd yn oed rhywun yn colli'i lygad yng nghanol prysurdeb gwyllt y cynhaeaf.

"Peidiwch gwylltu!" fydd Dad yn ei ddweud wrth Defi a Carwyn ei ffrind fydd yn dod yno i godi'r byrnau gyda'r picffyrch. "Peidiwch mynd yn groes i'ch gilydd – a beth bynnag wnewch chi, peidiwch â thynnu tyrfe gyda coese'r picffyrch yna!"

Ac fe fydde pawb yn deall hynny'n iawn. Os byddai dwy bicfforch yn taro'n erbyn ei gilydd wrth fynd am y byrnau, roedden nhw'n dweud bod y glec honno yn 'tynnu tyrfe' – yn tynnu taranau a mellt o'r awyr. A'r peth olaf roedd yr un ffermwr ei eisiau a llond y cae o fyrnau fyddai storom o law trwm!

"Gan bwyll y daw hi," meddai Dad wrth weld Ianto a finnau'n codi'r byrnau ac yn rhedeg i nôl y nesaf. "Cofiwch fod isie codi'r cae i gyd! Chi damaid haws â cholli'ch anadl ar ôl codi deg neu ddwsin o fyrnau ac wedyn whythu'ch plwc a mynd i gysgu dan goeden am y pnawn!"

Mae'r glaw'n cadw draw y prynhawn hwnnw. Yn fuan ar ôl ar ôl amser te, mae car yn aros wrth y gât i'r hewl fawr ac mae tri dyn mewn dillad gwaith yn dod tuag atom. Rwy'n nabod

William Thomas, cadeirydd y Pwyllgor Amddiffyn – mae gydag e bwt o sigâr yn mygu yn ei ben drwy'r amser. Mae dau o'i gymdogion gydag e.

"Rhaid inni ga'l hwn i'r sied wair iti, Hywel," meddai William Thomas, "iti ga'l amser i ymolch cyn dod i'r cyfarfod mawr heno! Dewch, bois."

Fel un, maen nhw'n cydio mewn byrnau a dechrau'u rhoi ar ben y sypiau mae Ianto a finnau wedi'u codi.

"Jiawch! Diolch ichi, fechgyn," meddai Dad. "Fyddwn ni fawr o dro gyda mwy o ddwylo wrth y gwaith."

"Reit 'te, chi fois ifenc, y ddou ohonoch chi – rhowch ddwy fêlsen ar y ddaear ac yna dwy yn groes." Mae William Thomas yn dechrau trefnu'r gwaith yn barod ac yn cyfarwyddo Ianto a finne. "Wedyn symudwch chi mlân i'r rhai nesaf tra byddwn ni'n tri yn codi tair neu bedair rhes ar eu penne nhw."

Ac mae'n gwneud synnwyr, wrth gwrs. Po fwyaf o fyrnau sydd ymhob pentwr, lleiaf yn y byd o waith aros fydd i'r tractor a'r trelar.

"'Na fe!" meddai William Thomas, gan ein hannog. "Edrychwch chi ar ôl y rhai isaf ac fe wnawn ninne ymestyn tua'r sêr! Lan bo'r nod, ddynion ifenc!"

A chyda chanmoliaeth a thipyn o hwyl fel hyn, yn fuan iawn rydym i gyd ar ben y llwyth olaf yn gadael y cae am y sied wair. O, dyna braf yw gorwedd ar y byrnau cynnes a gwylio'r awyr las a'r cymylau gwyn uwch ein pennau. Mae'r poenau yn yr ysgwyddau a'r breichiau yn nofio i lawr ein cefnau'n araf bach. Mae cwmwl o arogl melys y cynhaeaf gwair o'n cwmpas a rhywsut, er bod y corff yn flinedig, mae'r rhoi nerth inni o'r newydd i roi help llaw yn y sied wair i rowlio'r byrnau yn nes at Defi neu Dad, sydd wrthi'n adeiladu'r das yn ofalus a chadarn.

"Ry'ch chi'n chwys drabŵd, bois!" meddai William Thomas gan chwerthin arnom drwy'i sigâr ar ôl i'r byrnau olaf gael eu gwagio o'r trelar.

"Paid â dod ddim nes at y sied wair gyda'r stwmpyn yna!" yw rhybudd Dad.

"Nage fan hyn fydd y tân heno, Hywel 'achan," meddai'r cynghorydd. "Cer i'r tŷ nawr inni fod yn barod am dipyn o fflame yn y Pwyllgor Amddiffyn."

Cyn iddynt hwythau fynd adref i baratoi, mae William Thomas yn dod ataf a rhoi clatsien sydyn i mi ar fy mraich.

"Shgwl, ddyn ifanc!" Ac mae'n dangos hen gleren fawr y mae newydd ei lladd. Doeddwn i ddim wedi teimlo'r gleren ar fy mraich.

"Cleren lwyd," meddai William Thomas. "Maen nhw am dy waed di adeg y cynhaeaf. Cnoi'n dawel maen nhw. Ti ddim yn ei chlywed hi'n disgyn ar dy groen. A chyn pen dim, mae'i cholyn ynot ti ac mae'n sugno dy waed di."

Mae'n edrych ar weddillion y gleren rhwng ei fysedd.

"Syr Keith Joseph yw'r gleren lwyd, bois! Os yw e moyn gwaed, gaiff e waed!"

* * *

Mae to trwchus o ddail uwchben y gadair fasarnen erbyn hyn. Dyw'r olygfa ddim mor eang ag oedd hi ddechrau'r gwanwyn. 'ae dail ar goed a pherthi erall yn cau ffenestri oedd yn agored yn ystod y tymor noeth. Ond mae'r Cae Cwningod yn dal o fewn golwg, wrth gwrs. Mae'r teuluoedd yn dipyn mwy niferus erbyn hyn, yn union fel y dwedodd Tad-cu wrthyf i. Mae'n brynhawn braf ar hyn o bryd ond mae cymylau duon i lawr y cwm.

Fe soniodd Dad dipyn am Tad-cu yn y Pwyllgor Amddiffyn neithiwr, meddai fe. Roedd pawb dan deimlad trwm yno, yn wyllt gacwn bod Syr Keith wedi gwrthod gwrando ar y dadleuon rhesymegol a'r ffeithiau cadarn a gyflwynwyd gan bobol Cwm Gwendraeth Fach.

"Fe ddysgodd fy nhad i shwt i ddarllen a shwt i gydweithio gyda tir y cwm yma," roedd Dad wedi'i ddweud yn y cyfarfod. "Roedd 'Nhad wedi dod i'r ffarm yn ddyn ifanc ac wedi treulio'i fywyd yn gwella cyflwr y lle. Rwyf inne'n parhau â'r gwaith ac mae gen inne fechgyn sy'n barod i dorchi'u llewys yn y caeau hyn. Alla i ddim breuddwydio am sefyll y naill ochr a gadael iddyn nhw whythu'r creigie gyda deinameit, hala ofan ar yr anifeilied a gwenwyno'r pridd da gyda hen glai o'r gwaelodion."

"Itha reit, Dolffynnon," meddai un arall o'r ffermwyr wrth ei gefnogi. "Ond mae'r gyfraith gyda nhw erbyn hyn ac fe alle hynny feddwl y bydden nhw'n mynnu ca'l rhwydd hynt i fynd ar ein tir ni."

A dyna'r benbleth sy'n cerdded drwy'r cwm ar hyn o bryd. Sut mae sefyll yn erbyn swyddogion Abertawe a'r gyfraith o'u plaid?

"Os bydd y swyddogion hyn yn ca'l mynediad i'n tir ni ac yn ca'l gwneud eu gwaith," roedd Jac Coed-y-cadno wedi'i ddweud neithiwr, "yna, dyna'i diwedd hi. Bydd hi'n Dryweryn

yma. Dyna'r camgymeriad wnelon nhw lan fan'no. Ildio a
gadael iddyn nhw archwilio'r tir. Ry'ch chi'n eu harfogi nhw
yn ein herbyn ni drwy wneud hynny."

"Shwt hynny 'te, Jac? Shwt y'n ni'n atal swyddogion â'r
gyfraith yn rhoi bôn braich iddyn nhw?"

"Baricêd."

Aeth y cyfarfod yn ferw gwyllt, meddai Dad. Pawb eisiau i
Jac esbonio'i gynllun a gweld sut oedd pethau'n mynd i
weithio. A fydden nhw'n cael eu harestio? Beth petai
swyddogion Abertawe yn ceisio gorfodi eu ffordd i'r caeau?
Geiriau Jac ddaeth â'r cyfarfod i ben ac roedd digon o waith
meddwl gan bawb i'w wneud dros y dyddiau nesaf, meddai'r
Cadeirydd.

"Fedrwn ni ddim eu gyrru nhw 'nôl drwy ddal picfforch o
flaen JCB," meddai Jac. "Fe fydden nhw'n chwerthin am ein
penne ni ac yn ein hala i'r naill ochr tra bydden nhw'n mynd
ar y tir. Ond os rown ni glo ar bob gât, a sefyll y tu ôl i bob
gât, fydd hi ddim mor hawdd iddyn nhw ein symud ni."

Fe fu heidiau'n trafod yn daer ar sgwâr y pentref ar ôl y
cyfarfod, meddai Dad. Mae rhyw deimlad o gynnwrf wedi'i
gyffwrdd e ac roedd e'n amlwg wedi troi a throsi'r cyfan yn ei
feddwl drwy'r nos.

"Y'n ni'n mynd i gloi'r gât ar y Cae Canol," meddai e
amser brecwast.

"A sefyll y tu ôl iddi wedyn, jest i wneud yn siŵr," meddai
Defi wedyn.

"A wedyn fyddwn ni'n cloi'r gweddill," ychwanegodd Dad.

"A phwy fydd yn sefyll y tu ôl i'r rhieny? Twm y cwrcath?"
holodd Mam.

"Mae Gareth a Nia gyda ni drwy'r haf."

"A phan fyddan nhw 'nôl yn yr ysgol?"

"Fyddwn ni wedi cario'r dydd erbyn mis Medi."

"A phan fyddwn ni i gyd yn nhre Caerfyrddin ar ryw bnawn Sadwrn neu yn Show Bancffosfelen?"

"Wel ..." Roedd Dad yn cloffi nawr. "Gymrwn ni'n siawns y diwrnod hwnnw."

"Cymryd siawns!" Roedd Mam ar gefn ei cheffyl. "Mae isie gwell trefen na disgwyl bod lwc o'n plaid ni!"

A dyna lle y gadawyd pethau am y tro.

Ar ôl brecwast, mae Dad a Defi'n mynd ati i wagio rhywfaint ar hen gêr o'r ysgubor, a Nia a finnau'n rhoi help llaw. Mae swp o hen gadwyni wedi rhydu mewn un gornel.

"Fe wnaiff y rhain yn nêt," meddai Dad, ond wrth iddo lusgo un mas ar y clos, mae un o'r dolenni'n torri. "Daro shwd beth! Hen gadwyni oes y ceffyle yn amser Tad-cu yw'r rhain, ac mae arna i ofan eu bod nhw wedi gweld eu dyddie gorau erbyn hyn."

Fe ddown ni ar draws bob math o offer diddorol o dan ei gilydd yn yr ysgubor.

"Beth ar y ddaear yw hwn?" hola Nia, gan bwyntio at sgerbwd rhydlyd.

"O, hen glymwr ysgube ŷd slawer dydd," meddai Dad. "Sdim gwaith iddo fe ers oes."

"Wel, mae gwaith i'w ga'l iddo fe nawr," meddai Defi. "Allen i glymu hwn y tu ôl i'r gât a fydd dim gwahani'eth os byddwn ni'n godro neu yn y dre neu'r rhain yn yr ysgol neu beth."

"Go dda, Defi." Mae hi'n braf gweld gwên ar wyneb Dad.

"Mae hen rowler yn y clawdd dan y tŷ, hefyd. Mae isie i hwnnw dalu am ei le ers blynydde."

Gyda'r tractors ar waith, rydym yn treulio gweddill yn bore yn casglu hen grocs y ffarm at ei gilydd yng nghornel y clos. Ond dyw Mam ddim yn gwenu wrth ddod i'r drws cefn i olwg yr holl daclau.

"Dyma beth yw annibendod!" meddai hi a throi'n ôl i'r tŷ.

Mae wedi dechrau bwrw glaw. Gallaf glywed y dafnau'n disgyn o un ymbarél ddeiliog i'r nesaf uwch fy mhen. Ond mae digon o drwch o ddail masarn rhyngof a'r cymylau. Rwyf wedi dod â darn o un o hen gadwyni Tad-cu lan i'r gadair fasarnen heddiw. Dyw hon fawr o werth i gadw gât yn ddiogel, ond mae digon ohoni i fynd o gwmpas y ddwy gangen a chynnal astell bren sy'n troi fy nghadair yn fwy o orsedd erbyn hyn. Dyma fi! Brenin Cae Cwningod!

Gwyliaf y lefrod bach yn bwyta'r dail ar y cae, yna'n rhoi gwib fach a throi a chwtsio i fwyta deilen arall. 'Co'r Clustiau Sganars ei hunan yn eu codi ac yn eu troelli nhw a chadw golwg fel erioed. Na, y fe yw Brenin Cae Cwningod. Does gen i ddim amheuaeth o hynny.

Drato, mae dolen arall o hen gadwyn Tad-cu wedi torri a than fy mhwysau i mae'r astell wedi clecian yn ôl yn erbyn y boncyff. Dyna'r cae'n wag unwaith eto. Na, ddaw dim o ddefnyddio'r hen gadwyni yna, a man a man i minnau fynd yn ôl am y tŷ.

Lan ar y clos, mae Dad a Defi'n tynnu caniau diesel o gefn y fan.

"Beth sy mlân, 'te?" rwy'n eu holi nhw.

"Rhaid gwneud lle yn hon," meddai Defi.

"Lle i beth nawr?"

"Ry'n ni am fynd i Fynyddygarreg i weld a o's hen gadwyni i ga'l fan'no," meddai Dad. "Wyt ti'n dod gyda ni?"

"Ble gawn ni gadwyni yn lle hen rai Tad-cu 'te, Dad?" meddaf pan mae'r tri ohonom yn ffrynt y fan ac yn troi am y bwlch i'r hewl sy'n mynd heibio Dolffynnon.

"O'r iard sgrap," meddai Dad. "Iard O'Connor."

8.

Wedi mynd lan y tyle i ben y cwm ac ar hyd y grib i Fynyddygarreg, trodd Dad y fan i'r chwith. Yn fuan wedyn dyma ni drwy gât fawr ac arwydd metel arni: O'Connor's Scrap Yard.

Os bu mynwent hen bethau erioed, hon yw hi. Ceir, faniau, darnau o lorris. Gwelâu, tanciau, hen beips sgaffold. Bariau haearn, trawstiau haearn, gwialenni haearn. Rhwd coch ar eich dwylo wrth gyffwrdd popeth ac arogl haearn ac olew yn gwmwl drwy'r lle. Er fy mod wedi clywed Dad yn sôn amdani droeon, dyma fy nhrip cyntaf i'r iard ac rwyf wrth fy modd yma'n syth.

Mae dyn tua'r un oed â Dad yn brasgamu tuag atom. Gwisga het Jim Cro ac mae ei lygaid tywyll yn gwibio i bob cyfeiriad. Mae'n siarad â Dad ond yn edrych ar y fan.

"Gwerthu neu brynu, bos?"

Rwyf innau'n edrych y tu ôl iddo i gyfeiriad y siediau sydd â'u drysau ar agor. Mae'n dywyll y tu mewn iddyn nhw ond mae'n hawdd gweld eu bod yn llawn offer mân o bob math. Stordai neu weithdai, siŵr o fod. Ydi'r heliwr o gwmpas, tybed?

"Shw ma'i, Jo?" mae Dad yn ei gyfarch. "Wy wedi dod â thipyn o fusnes iti dros y blynydde ond mater gwahanol sy gen i heddi."

Dyma Jo O'Connor, dyn yr iard, felly.

"Beth sy 'da ti 'te, bos?"

"Benthyg, Jo. Angen benthyca 'chydig o dy sgrap di dros dro."

"Benthyg neu heirio?" Mae Jo'n saethu'i gwestiwn ac mae'i lygaid yn fflachio o dan gantel ei het. "Do's dim sŵn arian yn y boced yn y gair 'benthyg' yna sy 'da ti."

Cyn imi glywed Dad yn parhau â'r bargeinio, dyma lais yn holi cwestiwn i minnau y tu ôl i fy ysgwydd.

"Ffermwyr mawr y cwm wedi gadael eu caeau heddi, 'te?"

Trof a gweld wyneb Terry. Er bod ei lais yn ddigon garw, mae gwên yn whare ar ei wefusau ac mae'i lygaid yn ddigon meddal.

"O'n i'n meddwl mai lawr sha Cydweli ar y twyni tywod y byddet ti," atebaf innau. "Odi Mic dal 'da ti?"

Mae Terry'n nodio.

"Dal yn fain?"

"Odi, ac yn dal yn hela." Mae gwên letach ar wyneb Terry.

Erbyn hyn mae Dad a Defi yn cerdded draw am un o'r siediau gyda Jo O'Connor, a hwnnw'n siarad bymtheg y dwsin pa mor wael yw pris sgrap y dyddiau hyn ac mor ddrud yw rhoi diesel yn y lorri i fynd â llwyth i'r ffwrneisi.

"Well i mi fynd gyda nhw," meddaf wrth Terry gan anelu am y siediau. "Dad sy wedi dod i ga'l cadwyni o'r iard."

"Cadwyni?"

Rwy'n egluro cynllun ffermwyr y cwm i atal mynediad i swyddogion Abertawe drwy gloi pob gât. Erbyn hyn rydym yn un o'r siediau tywyll sy'n edrych fel Ogof Arthur, yn llawn o drysorau o bob siâp o bob oes.

"Loc-owt ife?" meddai Jo, gan edrych i fyw llygaid Dad. "Eficshon o'dd yn Iwerddon slawer dydd."

"Oedden nhw'n boddi tir y ffermwyr yn Iwerddon hefyd?" hola Defi.

"Nage boddi, boi," meddai Jo. "Dwgyd. Dwgyd y tŷ a'r tir oddi ar y teuluoedd tlawd. Whalu'r drws a llosgi'r to gwellt. Y teulu ar long a'r landlord yn ca'l y tir."

"Ife 'na beth o'dd hanes dy deulu di, Jo?" mae Dad yn gofyn iddo. "Dyna pam dda'th yr O'Connors i Gymru?"

"Eficshon, llwgu, tostrwydd," meddai Jo yn dawel. "Fe gawson ni'r whôl shabang. I Ferthyr Tudful a'thon nhw'n gynta. Gweithie haearn. Haearn yw ein hanes ni byth ers hynny. Y'n ni'n deall haearn, t'wel, bos."

"Wel, cloi nhw mas yw'r ateb ffordd hyn, Jo," meddai Dad. "Dere inni ga'l gweld y cadwyni 'ma."

"O, mae digon i ga'l ma, bos. Digon o alw amdanyn nhw hefyd."

Mae Jo'n codi cadwyn â dolenni trwchus arni. Mae'n ei dal a'i freichiau ar led a darn yn hongian pob pen o'i ddwy law sy'n edrych fel dwy graig galed, dywyll.

"Fe ddalie hon angor y *Titanic*, bos. Ddaw yr un Swansea Jack heibio hon!"

"I'r dim, Jo. Mae gen i wyth o gatie yn taro ar hewlydd bach y cwm. Fydda i moyn wyth cadwyn fel hon."

"Wyth cadwyn, bos? Wyt ti am wacáu'r sieds 'ma i gyd?"

"A bar wedyn i'w daro drwy'r gadwyn a'i blygu neu ei daro i'r clawdd."

"Wyt ti'n mynd â'r iard i gyd nawr, bos!"

Mae Jo'n tynnu cadwyni a'u taflu at draed Dad. Mae Defi'n codi dwy ac af innau i nôl y drydedd. Ond cyn imi ymestyn am y nesaf, mae Terry wedi cael gafael arni, ac ar yr un ar ôl honno.

"I'r fan, ife?" gofynna Terry, wedi i'r pedwar ohonom gael dwy gadwyn bob un.

"Gwed nawr," meddai Jo wrth Dad gan godi bariau oddi ar silff wrth basio, "pa mor hir bydd y cadwyni 'ma ar y gatie?"

"Faint o amser mae'n gymryd i fwrw sens i ben swyddogion, Jo?"

"Wel, dyna hi'n Amen arna i i ga'l yr haearn 'ma 'nôl cyn y Nadolig, bos!"

"Cawn weld," meddai Dad. "Ond fe weda i hyn wrthot ti, Jo."

"Beth nawr?"

"Mae pob ffermwr wedi bod yn whilio am hen sgrap o'r coed a'r perthi o amgylch ei dir. Mae pob un wedi gwagio'r siedie a'r sguborie ac wedi dod â hen gêr at ei gilydd. Ar ôl y frwydr 'ma yn Llangyndeyrn, bydd gan bawb domen o sgrap i'w gwaredu!"

"O, go dda, bos!" Rwyf yn siŵr fy mod wedi gweld sglein yn llygaid Jo.

"Ac fe weda i hyn, hefyd," meddai Dad. "Fe fydda i'n gwneud yn siŵr 'mod i'n gweud wrth bawb mai lorri Jo O'Connor ddyle ddod i nôl y sgrap, gan fod e wedi bod yn gefen i ni pan oedd hi'n wan arnon ni."

"Itha reit, bos." Poera Jo ar ei law galed a'i chynnig i Dad. Mae Dad yn ei shiglo hi'n gadarn.

"Bargen yw bargen, 'te?"

"Y'n ni'n bownd o gofio'n cyfeillion, Jo."

Wedi imi gau drysau cefn y fan, mae Terry'n sefyll yn fy wynebu cyn imi fynd i mewn i'r tu blaen.

"Mae hi'n haf wrth yr afon erbyn hyn?"

"Ydi, Terry." Rwy'n edrych i'w lygaid ac yn gweld yn glir beth sydd ganddo.

"Ac mae gyda'r nos yn hir wedi imi gwpla fan hyn."

"Der lan 'te, Terry. A dere â Mic a'r fferet 'na 'da ti," meddaf innau. "Ddangosa iti'r coed a'r tir gwyllt yn uwch lan y cwm ac fe elli di roi cynnig arni fan'ny."

Mae Dad yn troi'r fan yn ôl am Langyndeyrn ac yn nodio ar Jo. Mae hwnnw'n cau'i ddwrn ac yn dyrnu'r awyr.

"*God save Ireland!*" gwaedda wrth inni fynd heibio.

Rwyf innau'n nodio ar Terry.

Bargen yw bargen, ond mae rhyw deimlad rhyfedd ym mhwll fy stumog er hynny.

9.

"Ble mae fy nghadwyn i 'te, Dadi?" gofynna Nia wrth inni barcio'r fan ar y clos gartref.

"Wnaiff hon iti, Nia fach?" ac mae Dad yn dal un o'r cadwyni trymion.

"O Dadi! Bydd yn rhaid imi ga'l y whilber i fynd â hon at fy ngât i!"

A bant â hi i'r ysgubor i nôl y whilber. Mae'r Pwyllgor Amddiffyn wedi tynnu rhestr o gatie pob ffarm dan fygythiad sy'n taro ar un o'r mân hewlydd sy'n gwau ar draws y cwm. Mae 'capten' wedi'i benodi i bob gât ac os bydd landrofer neu geir o Abertawe yn cael eu gweld yn y cwm, mae neges i fod i'w hanfon ar frys i bentref Llangyndeyrn. Yna bydd Jac Smith y Post yn canu'r ddwy gloch ar dŵr uchel yr eglwys i roi rhybudd i'r ardalwyr i gyd fod y gelynion wedi cyrraedd! Pob capten at ei gât fydd hi wedyn.

Capten gât Cae Cwningod ydw i. Mae'r gât honno wrth ymyl y bwlch i'r clos ac felly'n ymyl y tŷ. Bydd rhaid cadwyno honno'n awr a chryfhau'r rhwystrau dros y dyddiau nesaf. Capten Cae Hir, groes y ffordd i'r fferm, yw Nia ac mae Dad yn rhoi help llaw iddi lwytho'r gadwyn i'r whilber ac yn ei hebrwng ar draws yr hewl. Ond mae'n mynnu gwthio'r llwyth ei hunan ac yn dolennu'r gadwyn o gwmpas ffyn y gât a'r postyn ac yn bwrw'r bar haearn gyda morthwyl lwmp drwy'r fodrwy olaf ac i mewn i'r ddaear.

"Ddaw neb drwy honna, alla i weud wrthoch chi nawr!" meddai Nia gan geisio shiglo ac agor y gât. Mae gwên letach na'r gât bren ei hunan ar ei hwyneb wrth iddi ddychwelyd yn ôl i'r clos.

Mae Defi'n gapten ar gât Maes yr Haidd a Dad ar gât Cae Canol. Cae Canol yw'r man peryclaf ar ein ffarm ni, yn ôl Dad. Mae'r ddaear yn y fan honno yn ymestyn ar draws y cwm ac mae'n weddol wastad. Falle y byddai'n lle delfrydol i fois Abertawe godi argae anferth, meddai Dad, os byddan nhw o'r farn fod digon o gadernid yn y graig yn y fan honno. Dyna pam eu bod nhw eisiau mynd ar y tir a gwneud eu tyllau a'u profion. Rwy'n edrych lan i'r awyr wrth sefyll wrth glawdd Cae Canol a cheisio dychmygu wal anferth o greigiau a choncrit yn codi uwch y coed sy'n ymestyn eu canghennau i'r awyr. Mae fy mhen yn dechrau troi wrth feddwl am y peth.

'Nôl â ni i'r fan ar y clos a chyn amser godro, mae'r wyth cadwyn yn eu lle. Mae Dad wedi rhoi clo clap ac wedi troi'r allwedd ar y gatiau pellaf. Ffrindie o'r pentref sy'n gapteiniaid ar y rheiny, ac mae Dad yn meddwl ei bod hi'n well ennill mwy o amser drwy ddefnyddio'r cloeon ar y rheiny rhag ofan y bydd cloch yr eglwys ychydig yn hwyr wrth rybuddio pobol y cwm.

"Oes dim gât 'da Mami, 'te?" gofynna Nia wrth sylweddoli hyn. Rwy'n gweld bod cwmwl ar draws ei hwyneb.

"Na," meddai Dad. "Mae'n rhaid ca'l capten yn y cartre hefyd, t'wel. Bydd Mam wrth y ffôn ac yn cario negeseuon i ni wrth y gatie."

"Ac yn dod â the a phice bach ar y ma'n inni hefyd, fel pob Mam dda!" meddai Defi.

"Hy! Wyt ti'n meddwl mai berwi'r tegil yw gwaith pob menyw!" gofynna Nia, ar gefn ei cheffyl eto. "Fe fydda i wrth y gât yn cario baner Gwenllïan, gw'boi. A fydd dim angen pice bach arna i i ymladd bois Abertawe, chwaith!"

Ar ôl swper y prynhawn hwnnw, mae gwres yn y sgwrsio o hyd wrth inni drafod y paratoadau.

"Pryd y'n ni'n llusgo'r hen gêr trwm yna o fla'n y gatie, Dadi?" hola Nia.

"Fe wnawn ni hynny ar ôl cinio fory, Nia fach."

"A Defi, esbonia beth yw rhife ceir Abertawe eto, imi fod yn ddiogel fy mod i'n adnabod eu cerbyde nhw."

Mae gan Defi gof anhygoel pan ddaw hi'n fater o rifau ceir. Mae'n adnabod pob tractor a fan a landrofer a char yn yr ardal. Pan fydd e'n mynd i'r mart yng Nghaerfyrddin, bydd yn cerdded heibio'r cerbydau yn y maes parcio ac yn dweud wrth Dad pwy o blith ffermwyr y cwm sydd yno'r diwrnod hwnnw.

"'Co, Dad – TBX 827. Landrofer Blaenesgair yw hon. Ac mae John Maes yr Haf yma – GBX 263."

Roedd Defi wedi esbonio wrthyf i fod pob ardal yng Nghymru'n cael ei llythrennau ei hunan ar y rhif cofrestru. Tair llythyren a thri rhif oedd ar y rhan fwyaf o rifau cofrestru a'r ddwy lythyren olaf oedd yn dangos ym mhle roedd y cerbyd wedi'i gofrestru pan gafodd ei werthu'r tro cyntaf. BX yw'r ddwy lythyren olaf ar y cerbydau sy'n perthyn i'n sir ni – shir Gâr, sir Gaerfyrddin. Mae hynny'n ddigon hawdd i mi ei gofio oherwydd dyna sydd ar y rhifau cofrestru ar ein clos ni gartref: rhif y fan yw BBX 177, rhif y car yw HBX 914 ac mae'n rhaid bod un o'r tractorau'n hen iawn oherwydd dim ond dau rif sy'n dilyn y llythrennau: ABX 48.

Ond mae Defi'n gwybod llawer mwy na hynny. Wrth inni fynd i'r dref neu 'nôl ac ymlaen ar hyd yr hewlydd, bydd yn gallu dweud o ble mae bob car yn dod, bron â bod. "Beth mae Cardi isie ffordd hyn?" fydd e'n ei ofyn o dro i dro. Wrth edrych ar y car a gweld BEJ 144 fe fydda i'n ceisio cofio mai EJ yw llythrennau Ceredigion. Rwy'n cofio hefyd mai car o sir Benfro yw DE ond mae'r gweddill yn niwlog. Dyw Defi ddim yn swil o adrodd y cyfan fel tablau yn yr ysgol. Rhyfedd hefyd, meddai Mam, oherwydd doedd dim llawer o siâp arno pan oedd hi'n amser adrodd tablau arno ers llawer dydd.

"Os bydd AX, BO, UH neu TX y ffordd hyn – maen nhw wedi dod bob cam o Gaerdydd," fydd Defi yn ei ddweud. "NY – Morgannwg."

Mae e hyd yn oed yn adnabod rhifau ceir o ogledd Cymru: "CC – sir Gaernarfon; EY – Môn; FF – sir Feirionnydd."

"Beth yw llythrennau Abertawe 'to?" mae Nia yn ei ofyn. "Wy am fynd i eistedd ar sgwâr Llangyndeyrn bore fory a gwneud nodyn o bob rhif car dierth nad yw'n dod o sir Gaerfyrddin."

"WN neu CY yw llythrennau Abertawe," meddai Defi. "Dyna'r rhai mae isie cadw llygad arnyn nhw."

Mae Nia'n estyn am ei llyfr bach ac yn nodi'r llythrennau ar y dudalen gyntaf.

"Os bydd C o flaen llythrennau Abertawe, CWN fydd ar y cerbyd!" yw ei sylw nesaf hi. "CŴN Abertawe! Mae hynny'n ddigon hawdd ei gofio!"

"Does dim isie galw enwe, groten," dwrdia Mam.

"Mami!" meddai Nia gan gau'r llyfr bach ac yn taro'i phensel i lawr yn swnllyd ar y bwrdd. "Pam wyt ti'n taflu dŵr oer dros bopeth ry'n ni'n ceisio'i wneud? Rwyt ti'n hala fi'n grac. Fydde'n well gen ti weld y cwm yn ca'l ei foddi?"

Rwy'n rhewi yn fy nghadair. Mae storom wedi bod yn crynhoi ar y gorwel ers tro. Rwy'n gwybod ei bod ar fin torri yn ein tŷ ni.

10.

Rwy'n edrych ar ddwylo Mam. Mae'i bysedd yn crynu nes iddi eu rhoi ar y bwrdd yn y diwedd. Rwy'n gallu gweld bod blaenau ei hewinedd yn wyn, fel pe bai'n pwyso'n drwm ar y bwrdd er mwyn gallu tynnu rhyw gryfder ohono. Mae map o wrid coch ar fochau Nia, a hwnnw'n mynd yn dywyllach bob eiliad.

"Dwyt ti byth yn mynd i'r cyfarfodydd, Mami! Rwyt ti'n dweud bod popeth mae pawb yn ei wneud yn dda i ddim. Ry'n ni'n cloi'r gatie ac rwyt ti'n dweud man a man inni eu gadael nhw'n agored!"

"Paid â siarad gyda dy fam fel'na," yw'r unig ateb gan Mam.

"Mae dy fam ..." mae Dad yn ceisio tawelu'r dyfroedd, ond mae Nia yn grac.

"Na, Dadi! Ry'n ni'n siarad o hyd fod yn rhaid i bawb yn y cwm sefyll gyda'n gilydd. 'Mewn undod mae nerth!' meddech chi, ond dyw Mami ddim yn sefyll gyda ni!"

"Dyna ddigon, groten!" Troi'n wynnach mae wyneb Mam a throi'n gochach mae wyneb Nia.

"Wyt ti ar ochr Abertawe neu wyt ti ar ochr pobol y cwm yma?"

"Nia!"

A chyda'r waedd olaf yna gan Mam, mae Nia'n gadael y bwrdd a cherdded o'r gegin gan gau'r drws yn glep ar ei hôl. Mae'r tŷ'n shiglo ac rwy'n gallu clywed ergydion trwm ei thraed ar y grisiau wrth iddi fynd lan lofft.

Mae Dad yn dweud wrth Defi ei bod hi'n well iddyn nhw fynd i weld y fuwch gyflo sydd ar fin rhoi genedigaeth ac mae'r ddau'n diflannu'n ddisymwth. Rwy'n gwybod beth fydd y stŵr nesaf os na wnaf i rywbeth, felly rwy'n dechrau casglu llestri swper at ei gilydd a'u cario at y sinc.

"Gad rheiny, Gareth," meddai Mam yn swta. "Tro Nia yw clirio'r ford heno. Cer i weiddi arni."

"Wy wedi hanner gwneud y jobyn yn barod, Mam," meddaf innau. "Gaiff hi wneud nos fory yn fy lle i."

Rydym yn clirio'r bwrdd a golchi'r llestri mewn tawelwch. Rwy'n ceisio dechrau ambell sgwrs, ond gair neu ddau o ateb yn unig ddaw o ben Mam.

"Mae whant arna i fynd ar y bws i'r dre gyda Ianto Coed-y-carw fory, Mam. Mae ffilm y *Great Escape* mlân yno."

"Cer di."

Saib hir eto. Dim ond sŵn y dŵr yn tasgu a'r llestri'n clertan yn y sinc oedd i'w glywed.

"Ffilm am rai'n diengyd o garchar rhyfel yw'r *Great Escape*, Mam. Mae Steve McQueen ynddo fe."

"Odi fe?"

"Odi, a Charles Bronson."

A dyna ni.

Dyw Dad a Defi ddim yn dod 'nôl i mewn i'r tŷ nes ei bod hi'n hwyr. Dwyf i ddim ar frys i godi y bore ar ôl hynny. Mae'n dawel wrth y bwrdd brecwast a dyw Nia'n dweud dim wrth

Mam, dim ond yn holi Dad a Defi am bethau ar y fferm.

"Odi'r llo dda'th neithiwr ar ei dra'd eto, Dad?"

"Odi, odi. Mae'n un cryf hefyd."

"Ac mae digon o la'th i ga'l gan ei fam e?"

"Mae'i weflau e'n wyn ac mae e'n driflan yn braf drwy'r amser!" meddai Defi. "Bydd bola mawr crwn gydag e'n fuan iawn."

"Ddo' i i'r sied i'w weld e cyn mynd lan i'r pentre," meddai Nia.

"Bydd angen cot arna ti," mynnodd Mam. "Fe alle hi wneud cawodydd yn nes mlân, medden nhw ar y radio."

Ond mae Nia'n cerdded mas o'r tŷ heb ei chot. Dim ond estyn am ei llyfr bach a'i phensel, a mas â hi.

Rwyf innau'n falch o gael mynd ar gefn fy meic i Goed-y-carw. Yn fuan iawn, mae Ianto a'i hwyliau arferol yn llenwi pob munud ac mae'r oriau'n hedfan. Cawn ginio cynnar gan fam Ianto ac yna bant â ni i Langyndeyrn i ddala'r bws i'r dref yn fuan wedi hanner dydd.

Mae Nia yn dal ar y groesffordd, yn eistedd ar y gwair ac yn craffu ar bob cerbyd sy'n pasio, ei phensel yn ei llaw yn barod.

"Does dim angen i Jac y Post ganu clychau'r eglwys eto felly, Nia?"

"Mae'n ddigon tawel heddi," ateba fy chwaer. "Wy'n nabod bron pawb sy'n pasio."

"Maen nhw'n siŵr o fod yn meddwl mai rhyw waith cartre dros y gwylie sy 'da ti," meddai Ianto. "'Y pethe rhyfedd maen nhw'n hwpo i benne plant yn yr ysgol 'na y dyddie hyn, pidwch â sôn!'"

"Roedd 'na un rhif tamed yn rhyfedd hefyd," meddai Nia wedyn, gan droi tudalen yn ei llyfr bach. "Dyma fe – EBX 676A."

"Rhif shir Gâr yw hwnna. BX," meddaf innau.

"Ond beth yw'r 'A' yna ar y gwt?" gofynna Nia. "Tair llythyren, tri rhif – dyna yw rhife ceir, yntefe?"

"O, car newydd yw hwn'na, shgwl," esbonia Ianto. "Car newydd sbon eleni. Am y tro cynta, maen nhw'n rhoi llythyren ar ôl y rhifau er mwyn dangos mai car 1963 yw e. A – 1963. Wedyn flwyddyn nesaf, bydd B ar ôl y rhife ac felly mlân."

"Pwy sy wedi ca'l car newydd sbon ffor' hyn, 'te?" holaf innau.

"Car mawr du oedd e," meddai Nia. "Yn sgleinio fel swllt. Doeddwn i ddim yn nabod y ddou ddyn oedd yn y ffrynt."

"Lle a'th y car o fan hyn?" gofynna Ianto.

"Gadwes i olwg arno fe a chroesi'r hewl i weld pa ffordd oedd e'n troi. At Bro Dawel, mans capel Bethel, a'th e."

"At Mr Rees y Gweinidog," meddaf innau. "Rhywrai pwysig, siŵr o fod, os oedd car newydd sbon glatsh gyda nhw."

"Os y'n nhw gyda Mr Rees, maen nhw gyda ni," meddai Ianto. "Does dim byd yn llithro rhwng ei fysedd e."

"'Na fe 'te," meddai Nia'n fodlon, gan roi tic wrth ochr rhif y car yn ei llyfr bach.

"'Co'n bws ni'n dod!" meddai Ianto.

"Wela i di heno, Nia!" gwaeddaf innau.

Ffilm dda yw hi hefyd. Mae'r gerddoriaeth yn mynd rownd a rownd yn fy mhen i pan mae Ianto a finnau'n yfed potel fach o bop Tovali bob un ac yn bwyta'n *chips* wrth ddisgwyl am y bws yn ôl i Langyndeyrn.

"Y Cwler King, 'achan," meddai Ianto mewn edmygedd. "Doedd neb yn torri'i galon e – Steve McQueen – oedd e?"

"'There will be no escapes from this camp!' Dyna beth ddwedodd pennaeth y gwersyll, yntefe?" meddaf innau dan chwerthin.

"Hei 'achan," meddai Ianto, yn ffugio bod yn ddifrifol am ennyd. "Gobeithio nad y'n nhw'n dangos y ffilm yna yn Abertawe. Beth pe bydde bois y cyngor yn dechre ca'l syniade a thyllu twneli o dan ein gatie ni er mwyn ca'l mynd i mewn o dan y baricêds i'r caeau?"

"Wel, dyna beth fydde cawdel! Twnnel Tom i'r Cae Cwningod; twnnel Dic i Cae Hir a twnnel Harry i'r Cae Canol. 'Na lwc ein bod ni wedi gweld y ffilm 'na – fe fyddwn ni'n barod i wrando am sŵn tyllu yn y ddaear oddi tanom ni nawr!"

"Byddwn!" Mae Ianto'n berwi'i ben yn lân gyda'r syniad erbyn hyn. "A bydd yn rhaid inni gadw golwg lle maen nhw'n dympo'r pridd sy'n dod mas o'r twneli."

"There will be no tunnels in this cwm!"

Ac felly'n llawn miri y daethon ni i Langyndeyrn ar y bws. Ond pan aeth Ianto i Goed-y-carw a finnau i Ddolffynnon, sobrodd y ddau ohonom yn reit fuan. Roedd newyddion drwg wedi cyrraedd Cwm Gwendraeth Fach tra oeddem ni wedi bod yn treulio'r prynhawn gyda Steve McQueen.

11.

"Dy'n nhw ddim yn rhoi'r gore iddi ar whare bach," meddai Defi amser swper, a'i ben yn ei ddwylo a'i ddwy benelin ar y bwrdd.

"Falle fod gyda ni ein cadwyni a'n tunelli o sgrap ar draws y gatie ond mae gyda nhw eu papurau bach pwysig," meddai Dad wedyn.

"Beth ddigwyddodd 'te?" holaf, gan geisio rhoi darnau o'r stori at ei gilydd yn fy mhen.

"Wel," meddai Nia gan estyn am ei llyfr bach a tharo cip ar ei nodiadau. "Am un o'r gloch pnawn heddi da'th landrofer WWN 659 lan i sgwâr Llangyndeyrn. WN – wyt ti'n nabod y rhif, Gareth?"

"Abertawe," meddaf innau.

"Gelli di wneud yn well na hynny," meddai Defi. "Mae llawer ohonon ni'n nabod y landrofer honno, a'r dyn bach gyda'r job fawr sy'n ei dreifio hi hyd hewlydd y cwm erbyn hyn."

"Jones Bach y Dŵr?" gofynnaf.

"Ie, a rhyw Dic y peiriannydd gyda fe y tro hwn," meddai Dad. "Fe a'thon nhw i weld Mr Rees y Gweinidog ..."

"Mae Mr Rees wedi bod yn brysur heddi felly," meddaf innau.

"Fe ddwedon nhw'n strêt eu bod nhw'n mynd â llythyr i bob ffermwr a'u bod nhw'n mynd i Dafarn y Gof am ginio yn gynta."

"A beth oedd yn y llythyr?"

"Rhybudd oedd e eu bod nhw'n arddel eu hawl i ddod ar dir y ffermydd ganol fis Medi," meddai Dad.

"Ond tra oedd y ddou'n bwyta'u cinio, fe gafodd Mr Rees afael ar William Thomas ac fe a'th e i bob ffarm yn rhybuddio pawb fod y swyddogion ar eu ffordd."

Mae Dad yn mynd ymlaen â'r hanes: "I Panteg yr a'thon nhw gynta ar ôl cinio. Roedd Harry Williams yn bendant iawn. Pan roeson nhw'r llythyr iddo fe yn dweud eu bod am ddod ar y tir, fe ddwedodd e y bydde fe yn y carchar cyn y bydden nhw'n llwyddo i ddod drwy'i gât e i'r cae."

"A dyna pryd roddon nhw'r ail lythyr iddo fe," meddai Defi.

"Beth oedd yn hwnnw, 'te?"

"Rhybudd iddo fe ddod i'r gwrandawiad yn y cwrt yng Nghaerfyrddin am un ar ddeg o'r gloch bore Sadwrn, 28ain o Fedi, i ga'l penderfyniad mainc yr ynadon."

"Maen nhw'n mynd â fe i gyfraith?" meddaf innau'n syn.

"Nid dim ond y fe – mae hyn ar ein pennau ni i gyd," meddai Mam.

Mae llygaid Nia'n fflachio wrth iddi droi'i phen i edrych arni, ond dyw hi'n dweud dim.

"Fydden nhw yn ei roi e a'r ffermwyr eraill yn y carchar 'te?" yw fy nghwestiwn i. Mae 'carchar' wedi dod yn air mwy cyffredin yn y cwm byth ers i'r bachgen 'na fuodd yn Nhryweryn gael deuddeg mis o garchar ar ddechrau'r gwanwyn. Fel yn hanes y 'Cwler King', ry'n ni'n gwybod nad lle i 'bobol ddrwg' yn unig yw'r carchar erbyn hyn. Mae'n rhaid bod fy llygaid fel soseri oherwydd mae Dad yn prysuro i roi rhywfaint o gysur i mi.

"Na, hawlio warant yn y cwrt y maen nhw. Mae ganddyn nhw'r hawl i fynd ar y tir eisoes. Os byddan nhw'n ca'l warant gan y cwrt, yna gallan nhw wthio'u ffordd i'r caeau, neu ga'l cymorth yr heddlu i glirio'r hewl ar eu cyfer."

"Wel, y cadnoid digywilydd!" meddaf innau.

"Fyddet ti wedi wherthin 'taet ti wedi'u gweld nhw yng Nghoed-y-carw," chwardda Defi, ac mae'n braf gweld gwên ar ei wyneb o'r diwedd.

"Beth ddigwyddodd 'te?"

"Wel, roedd Jac yn y tŷ ac yn gwrthod dod mas," dechreuodd Defi.

"Roedden nhw'n gorfod rhoi'r llythyr rhybudd yn ei law e, 'twel," esbonia Dad gan dorri ar ei draws.

"Fe a'thon nhw at y ffenest i weld a o'dd Jac yn y tŷ," meddai Defi.

"Ond tynnodd Jac y llenni!" ychwanega Dad.

"Fe wthion nhw'r papur pwysig gyda'r rhybudd arno o dan y drws," meddai Defi, gan ailafael yn ei stori.

"Ond dyma Jac yn gwthio'r papur 'nôl mas atyn nhw!" ac mae Dad yn chwerthin nes ei fod yn tagu.

"Bob tro roedd y papur yn mynd i mewn dan y drws ..."

"... roedd e'n tasgu 'nôl mas!"

"Yn y diwedd, mae'n rhaid bod Jac wedi rhoi darn o bren neu rywbeth i floco'r bwlch o dan y drws ..."

"... oherwydd roedden nhw'n ffaelu ca'l y papur i mewn o

gwbl. Roedd e'n plygu fel tafell wlyb o fara yn eu dwylo nhw!"

"Ac yn y diwedd, bu'n rhaid iddyn nhw ei adael e o dan y mat, ar garreg y drws ..."

"A phan oedden nhw 'nôl yn y landrofer yn barod i fynd i'r lle nesaf ..."

"... be welson nhw ond Jac yn dod mas o'r tŷ ac yn rhwygo'r papur pwysig yn ddarnau mân a'u taflu nhw o fla'n y ffowls ar y clos!"

Mae'r ddrama fach hon wedi dod â hwyliau da yn ôl i'r tŷ. Mae'r cwm yn sefyll fel un o hyd, meddai Dad. Does dim dolen wan yn y gadwyn.

"Ac fe welon nhw ddigon o gadwyni heddi 'ma," mae Dad

yn ei ddweud eto. "Pob gât ar bob hewl – roedd cadwyn a chlo neu rwystr ar bob un. Maen nhw wedi gweld ein bod ni o ddifri."

Mae'n ddiwedd y gwyliau haf ac mae'r ysgol yn ailagor ddydd Llun. Caiff helynt yr argae a'r archwilio tir ei roi o'r neilltu wrth i Mam geisio cael trefn ar bethau ysgol Nia a finnau.

"Odi dy sgidie ysgol di'n lân ac wedi'u brwsho'n iawn?"

"Odyn, Mam."

"A beth am dy fag ysgol di?"

"Barod, Mam."

Ond dyw Nia ddim yn ateb ei chwestiynau hi a dyw hi ddim yn aros yn hir yn yr un ystafell â Mam chwaith.

"Lle a'th Nia nawr?" gofynnodd Mam. "Wy isie gweld a yw'r dillad hyn yn dal i'w ffitio."

"Wn i ddim lle mae hi, Mam."

Rwy'n penderfynu mynd am ychydig o awyr iach. Cyn gynted â fy mod wedi cyrraedd y clos, rwy'n cael fy hunan yn cerdded am Gae Cwningod. Ie – y gadair fasarnen yw'r lle i fod.

Wrth ddringo'r goeden, rwy'n gallu gweld bod blaenau'r dail llydan yn dechrau duo. Mae Medi ar ei ffordd. Rwy'n gallu gweld hadau'r helicopters rhwng y dail yn glystyrau gwyrdd golau'n barod. Yn ystod y mis, bydd y rhain yn gwynnu a brownio wrth aeddfedu ac yna'n cychwyn ar eu taith droellog tua'r llawr. Pan fyddan nhw i gyd ar y ddaear bydd hi'n flwyddyn gron ers i Tad-cu farw a bydd yr haf ar ben. Yr haf cyntaf heb Tad-cu.

Rwy'n sylwi ar symudiad oddi tanaf. Y lefrod bach sydd

yno – ond nid mor fach erbyn hyn. Mae'n dipyn o raligamps wrth iddyn nhw redeg ar hyd eu llwybrau ac oedi i godi'u clustiau i wrando. Maen nhw wedi dysgu wrth wylio'r rhai hŷn yn cadw gwyliadwriaeth. Fel hyn mae hi yn y cwm yma, dyna sy'n mynd drwy fy meddwl. Mae Tad-cu a'i gyfeillion wedi edrych ar ôl y lle; wedyn mae Dad a Jac Coed-y-carw a'r ffermwyr eraill yn dal ati gyda'u gofal, ond hefyd yn ymladd i amddiffyn y lle rhag y peryglon rydyn ni'n eu hwynebu ar hyn o bryd. Ac yna rydym ninnau – Defi, Ianto, Nia fach a finnau – yn gorfod dysgu sut mae gwneud ein rhan.

Mae'r cwm yma'n dod â'i bris gydag ef. Ry'n ni'n talu am gael byw yma drwy wneud yn siŵr fod pob cae a phob coeden yn cael whare teg. A phob cwningen!

Lle mae Clustiau Sganars? Er fy mod yn oedi'n hir yno, does dim golwg ohono. Ydi Terry a Mic a'r fferet wedi bod heibio, tybed? Na, fydde fe wedi dod yn syth i'r clos, dim whare. Mae Terry'n gallu edrych yn syth i lygaid rhywun.

Ac fe ddaw hefyd. Mae e'n siŵr o alw heibio un o'r dyddiau hyn.

Na, does dim golwg o Clustiau Sganars. Wedi gweld ei haf olaf, falle –mae hynny'n digwydd. Yn sydyn, rwy'n sylwi bod y nos yn nesu. Bydd wedi tywyllu mewn dim o dro. 'Daw Awst, daw nos,' fyddai Tad-cu'n ei ddweud yr adeg hon bob blwyddyn pan fydd hi'n tywyllu'n gynt fin nos. Rwy'n symud gan wneud osgo i ddechrau dringo i lawr at y gangen gyntaf.

Dyna pryd y gwelaf i fod cwningen arall erbyn hyn ar ben y clawdd wrth ymyl y postyn ffens lle'r arferai Clustiau Sganars fod. Gwyliwr arall ar y tŵr! Mae'n rhaid ei fod wedi rhoi'r arwydd. Mae'r cae'n gwagio mewn ychydig eiliadau.

Rwyf innau'n cerdded yn ôl am y clos wrth i'r tywyllwch gau fwyfwy amdanaf.

12.

"Wy wedi gweld y car du crand unwaith eto, Gareth!" Mae Nia'n gyffro i gyd amser te ar ôl imi ddod oddi ar fws yr ysgol.

"Pa gar du crand?" Mae tair wythnos wedi mynd heibio ers dechrau'r tymor ysgol bellach.

"EBX 676A! Ti'n cofio, Gareth – y car weles i'n mynd at dŷ Mr Rees y Gweinidog. Wel, fe a'th e at Mr Rees y pnawn 'ma eto. Fe weles i e pan o'n i'n cerdded adre o'r ysgol."

"Os yw Mr Rees yn gwybod amdano, mae'n eitha diogel," meddai Dad. "Does dim gwybedyn yn mynd heibio trwyn y dyn yna nad yw e'n gwbod popeth amdano! Mae'r gŵr yn anhygoel – yn llythyru â swyddogion a chynghorau a phobol drwy'r wlad i gyd. Mae 'na gyfarfod o'r Pwyllgor Amddiffyn heno a synnwn i damed na fydd Mr Rees yn adrodd hanes dieithryn y car drud!"

"Smo ti o gwmpas heno 'te?" Mae Mam yn gofyn ei chwestiwn yn frathog braidd.

"Wy'n siŵr 'mod i wedi sôn wrthot ti am y pwyllgor pwy ddiwrnod, Siân?" meddai Dad yn betrus.

"Ro'n i isie dy help di a Defi i roi lein ddillad newydd yr ochr draw i wal y clos. Mae shwt waith golchi dillad nawr bod yr ysgol wedi ailddechrau."

"Lein ddillad!" gwaeddodd Nia. "Mae'n bwysicach i Dadi

fynd at waith amddiffyn y cwm yma! Fydd dy lein ddillad di fawr o werth os bydd hi dan ddŵr!"

Mae'r te'n cael ei orffen mewn tawelwch.

"Godro'n galw," meddai Dad ac mae Defi ac yntau'n llyncu gweddill cynnwys eu cwpanau ac yn ei bachu hi am y drws cefn. Mae Nia'n codi oddi wrth y bwrdd yr un pryd ac yn galw ar yr ast wrth y drws.

"Der, Ffan."

Dim ond y fi a Mam sydd ar ôl wrth y bwrdd. Mae hi'n edrych ar ei chwpan ond dyw hi ddim wedi cwrdd â'i the.

"Poeni ma' Nia – fel ryden ni i gyd, Mam," meddaf innau o'r diwedd.

Pan mae hi'n codi'i golygon oddi ar y llestri te ac edrych arna i, mae'i llygaid hi ymhell, bell. Dydw i ddim yn siŵr a yw hi wedi fy nghlywed. Rwy'n dechrau clirio'r llestri.

"Gad nhw. Wnaf i hynny. Cer at dy waith."

A rhywsut, does dim modd cynnig ateb i frawddegau fel yna. Rwyf innau'n mynd mas ac rwy'n gwybod ble i ddod o hyd i Nia a Ffan. Yn yr ardd fach maen nhw, Nia'n eistedd yn llonydd ar y siglen o dan y goeden onnen a Ffan a'i phawennau ar ei gliniau, yn derbyn maldod y ferch fach yn ddiolchgar dros ben.

"Bydd yn rhaid inni godi'r siglen yna, Nia. Mae dy dra'd di'n llusgo ar hyd y llawr erbyn hyn. Clymu mwy o'r rhaff am y brigyn," meddaf i.

"Ie – ond mae angen lein ddillad yn gynta, cofia!"

"Chware teg i Mam, Nia. Mae bywyd yn gorfod mynd yn ei flaen."

"Ond does dim dewis rhwng perygl y dŵr ar y naill law

phegio dillad ar y llaw arall, o's e? Mae'n amlwg pa un ddyle ca'l y sylw yn gynta."

"Odi, falle."

"Felly pam nad yw e'n amlwg i Mami?"

"Mae hithe bownd o fod yn poeni fel ninne, Nia."

"Doedd hi ddim yn helpu inni glymu'r gatie. Doedd hi ddim yn yr orymdaith yn y pentre. Dyw hi ddim yn dweud dim yn erbyn Abertawe."

"Dyw hi ddim yn gwylltu fel ti a fi. Dyw hi ddim yn pregethu a gweiddi slogane. Ond cofia mai cŵn tawel sy'n cnoi, fel roedd Tad-cu yn ei 'weud."

"Mae posib mynd o dan dra'd drwy fod yn rhy dawel hefyd."

Does gen i ddim ateb i Nia chwaith. Mae'r ddwy ohonyn nhw wedi fy ngadael i'n fud!

Amser brecwast drannoeth, mae Dad yn adrodd hanes y Pwyllgor Amddiffyn.

"Mae'r gath mas o'r cwd, Nia. Ry'n ni'n gwbod nawr pwy yw'r bois pwysig 'na yn y car crand. Fe ddwedodd Mr Rees wrthon ni neithiwr – swyddogion Cyngor Gwledig Caerfyrddin ydyn nhw. Maen nhw wrthi fel lladd nadredd yn gweithio o blaid y cwm yma, a hynny heb gostio ceiniog i ni."

"Beth maen nhw'n ei wneud 'te, Dadi?" yw cwestiwn Nia.

"Maen nhw'n archwilio'r tir yn uwch lan yn y bryniau, lan sha Brianne. Maen nhw'n rhagweld bod y gost o gronni dŵr yn llai, bydd mwy o ddŵr yno a bydd yr effaith ar fyd ffarmo yn llawer llai oherwydd mai tir mynyddig sy yno."

"O's neb yn byw yno?"

"Nago's, erbyn hyn, yn ôl dynion y Cyngor. A bydd yn rheoli'r dŵr yn afon Tywi yn llawer gwell hefyd – fydd dim cymaint o lifogydd yn is i lawr y dyffryn ar ôl hyn."

"Mae'n gwneud mwy o synnwyr na boddi Cwm Gwendraeth Fach 'te," meddai Defi.

"Ydi. Mae gyda ni rywbeth gwell i'w gynnig i Abertawe wrth ddal i wrthod iddyn nhw ga'l mynediad ar ein tir ni."

"Ond mae Abertawe yn dal yn benstiff isie dod i Langyndeyrn?" holaf.

"Odyn ar hyn o bryd."

"Wel, yr asynnod â nhw!" yw'r ffrwydriad glywn ni o geg Nia.

"Gwylia dy dafod, Nia!" Mae Mam yn rhoi stŵr iddi ac yna mae Nia'n ateb Mam yn ôl gyda'i llygaid.

"Ond mae dyddiad yr achos llys i roi warant i Abertawe i ddod ar ein tir ni wedi symud mlân," meddai Dad yn gyflym.

"Pryd bydd e nawr 'te?" gofynnaf.

"Sadwrn, 11eg o Hydref. Mae hynny'n rhoi digon o amser inni drefnu gorymdaith drwy Gaerfyrddin cyn mynd i'r cwrt. Bydd Mr Rees yn mynd i weld yr heddlu er mwyn ca'l caniatâd i gerdded ar hyd y strydoedd."

"Gyda baneri a sloganau eto, Dadi?" mae llygaid Nia yn dawnsio.

"A bydd Caerfyrddin gyda ni, wy'n siŵr o hynny," meddai Dad.

"Pobol y dre y'n nhw; pobol y wlad y'n ni," meddai Mam yn oeraidd.

"Ond mae'r dre yn gwbod ei bod hi angen y wlad, Siân!" ateba Dad. "Gei di weld, fyddan nhw'n ymgasglu ar y palmentydd yn ein cefnogi ni bob cam o'r daith o'r farced i'r cwrt."

"Fydd plant yn ca'l gorymdeithio'r tro hyn hefyd?" gofynnaf.

"Byddan, siŵr. Yn byddan, Dadi?" Mae Nia'n rhyfeddu at gwestiwn twpach na thwp.

"Byddan, Nia. Y plant yw dyfodol y cwm yma."

"Dere, Gareth. Bydd bws yr ysgol yn yr hewl whap," ac mae geiriau Mam yn dod â ni'n ôl at heddiw eto.

Ar y bws, rwy'n edrych ar y coed a'r caeau a meddwl eto am neges dynion y Cyngor. Achub Cwm Gwendraeth Fach ond boddi cwm Brianne. Oes raid i gefen gwlad dalu'r pris o hyd?

O fewn dim, mae Ianto Coed-y-carw wrth fy ochr ac mae yntau'n llawn o'r newyddion diweddaraf o'r pwyllgor amddiffyn.

"Mae pethau'n dishgwl yn well, 'achan," meddai Ianto yn ei hwyliau. "Mae dynion y Cyngor yn gweithio gyda ni a bydd pobol Caerfyrddin yn gefen inni pan awn ni am y cwrt. Dou gais i Gwm Gwendraeth Fach a dim sgôr o gwbwl i dîm Abertawe!"

Mae'r gêm bron â bod ar ben ym meddwl Ianto, ac ry'n ni'n mynd i gipio'r cwpan. Rwyf innau'n cynhesu at ei eiriau hefyd. Ond dyw hynny ddim yn fy mharatoi at yr ergyd y bydd ein cartref ni yn ei derbyn y diwrnod hwnnw. Ergyd a ddaw mewn llythyr yn y post y bore hwnnw yw hi. Ergyd sy'n newid pob dim yn ein teulu ni.

13.

Mae amlen wen ar y bwrdd amser te y pnawn Gwener hwnnw. Dalen wen a neges wedi'i theipio arni. Does neb yn dweud gair er bod y pump ohonom yn eistedd o amgylch y bwrdd. Mae'r te yn stiwo yn y tebot ond mae'n oeri'n raddol heb i neb gydio ynddo i arllwys un baned.

"Darllen e eto, Hywel," meddai Mam.

"Yn Gymraeg y tro hwn, inni ga'l ei ddeall e bob gair," meddai Nia.

"Ond yn Saesneg ma' fe, Nia. Shwt alla i ..." does gan Dad ddim calon at y gwaith.

"Dere fe 'ma," meddai Mam ac mae'n cyfieithu'r llythyr fesul brawddeg wrth fynd ymlaen:

"Annwyl Mr a Mrs Morgan,
Rwy'n sgrifennu atoch ar ran perchnogion ffarm
Dolffynnon, cwmni Charles Maurice, Caerfyrddin. Mae'r
cwmni yn dymuno eich rhybuddio eich bod chi fel tenantiaid
i gydymffurfio'n llawn â phob cais gan Gorfforaeth
Abertawe i ddod ar dir Dolffynnon. Mae'r achos hwn wedi
cael gwrandawiad teg gan Syr Keith Joseph ac mae'n rhaid i
ni fel dinasyddion cyfrifol ddangos parch at ei degwch a'i
benderfyniad.

Nid oes raid inni eich atgoffa y bydd canlyniadau difrifol
iawn i chi fel tenantiaid Dolffynnon os byddwch yn
anwybyddu'r rhybudd hwn.

Yn gywir,
James Caldicott (Capten)
Asiant cwmni Charles Maurice"

"A dyna fe," meddai Dad gan agor ei ddwylo o'i flaen yn hollol ddiymadferth.

"Tenantiaid," meddai Defi. "Mae'n eich atgoffa chi ddwy waith mai tenantiaid y'ch chi."

"Odi," meddai Dad yn benisel. "Mae'n ein hatgoffa nad ni sy berchen y ffarm 'ma, mai talu rhent iddyn nhw amdani y'n ni."

"Ond roedd Tad-cu yn ei ffarmo hi ar hyd ei oes," meddaf innau.

"Tenant oedd yntau," esbonia Dad. "Dyna yw'n teulu ni ar hyd y cenedlaethau. Ry'n ni'n talu rhent i'r mishtir tir."

"Mishtir tir!" chwyrna Nia dan ei gwynt. "Mae hen flas diflas ar yr enw yna, yn does e?"

"Blas y plas, ti'n feddwl?" Mae Dafi'n twymo hefyd.

"Ie, nhw y bobol fawr yn gwasgu ar y bobol oddi tanyn nhw."

"A phwy yw Charles Mor ... Mar ..." rwy'n dechrau holi.

"Maurice. Cwmni Charles Maurice," ateba Mam. "Hen deulu o Gaerfyrddin yw'r Maurices. Byw ym Mhlas Mawr ar y bryn uwch y dre. Mae ganddyn nhw lawer o dai a siopau yng Nghaerfyrddin. A ffermydd yn Nyffryn Tywi. A nhw sy'n berchen Western Motors."

"Y garej fawr yna ar yr hewl i mewn i'r dre?" gofynnaf.

"Dyna ti," meddai Mam. "Cwmni bysys. Gwerthu ceir, tractors, olew, diesel, petrol – y bali lot."

"A faint o ffermydd sy gyda nhw yng Nghwm Gwendraeth Fach?" yw cwestiwn Nia.

"Dim ond Dolffynnon."

"Felly dim ond y ni sy'n derbyn y llythyr hwn heddi?"

"Ie, fel mae hi waethaf," meddai Dad.

Ac yn raddol bach, mae'r hyn mae hynny'n ei feddwl yn gwawrio arnaf.

"Dim ond y ni sy'n ca'l rhybudd i ganiatáu i swyddogion Abertawe ddod ar ein tir, felly?"

"Ie," meddai Dad.

"Oherwydd nad ein tir ni yw e?"

"Dyna fe." Mae'i lais yn wannach gyda phob ateb.

"A beth fydde'r 'canlyniade difrifol' o beidio â gwrando ar rybudd y mishtir tir?" gofynna Defi.

"Wel, 'se hi'n dod i'r gwaetha, fe allen nhw ein troi ni mas o'r fferm, mae'n debyg," eglura Dad eto.

"Ein troi ni mas? Ond dyma'n cartre ni!" llefa Nia.

"A fan hyn mae'n gwaith ni. Dyma'n bywoliaeth ni," meddai Defi, sydd hefyd yn nes at ddagrau nag yr ydw i erioed wedi'i weld o'r blaen.

"A bywyd Tad-cu a Mam-gu cyn hynny," meddaf innau.

"Dyna pam na fedrwn ni byth, byth adael iddyn nhw ein troi ni mas," meddai Dad.

"Ond ..."

"Allen ni byth â gadael iddyn nhw ga'l rheswm i'n troi ni mas." Prin y medra i glywed geiriau Dad erbyn hyn.

Mae niwl distaw yn pwyso'n drwm arnon ni wrth inni eistedd yno, bob un yn ddwfn yn ei feddyliau ei hunan.

"Odi hynny'n meddwl ein bod ni'n agor y gât iddyn nhw os ydyn nhw'n gofyn am ga'l dod yma?" gofynnaf.

"Pa ddewis arall sydd i dy fam a minne?"

"Ond mae hynny'n meddwl torri'n gair i weddill pobol y cwm! Bydd bwlch yn yr amddiffyn!" meddaf.

Does neb yn dweud dim.

"Mae hynny'n ein gwneud ni'n fradwyr," meddaf wedyn. Ni allaf atal y dagrau bellach. "Y'ch chi wedi meddwl am hynny? Bradwyr! BRADWYR!"

Mae'r tawelwch yn llethol. Mae pawb y tu hwnt i ragor o eiriau.

Ymhen hir a hwyr mae Mam yn gafael yn y tebot a mynd

ag e at y sinc a thywallt y te oer i lawr twll y plwg. Yna, mae'n ail-lenwi'r tecell mawr a'i symud yn ôl i blat twym y ffwrn. Cyn hir, mae'n dechrau canu ac mae Mam yn gwneud tebotaid newydd o de. Daw ag e at y bwrdd. Cwyd y clawr a defnyddio'r llwy i roi tro go dda i'r dail te a'r dŵr twym. Mae'n tywallt pum cwpanaid o de a'u hymestyn un i bob un ohonom, gan roi'r te cryfaf o flaen Dad. Yna, mae'n eistedd wrth y bwrdd.

"James Caldicott," meddai hi wrth Dad. "Shwt un yw e?"

"Gwas bach ond gwas pwysig," ateba Dad. "Iddo fe wy'n mynd â siec y rhent unwaith y flwyddyn. Mae gydag e swyddfa fach yn Heol Awst. Capten yn y fyddin slawer dydd – mwstashen a medalau ganddo fe, ac mae e'n credu y gall e drin pobol fel y myn."

"A Charles Maurice?"

"Eriôd wedi cwrdd ag e," meddai Dad wedyn. "Dyw'r mishtir tir ddim yn trochi'i sgidie trwy gerdded ar ei gaeau ei hunan."

"Reit," meddai Mam. "Mr Rees y Gweinidog, bydd angen ca'l gair gydag e."

"I beth?" gofyn Dad. "Ry'n ni'n mynd i weddïo, ydyn ni?"

"Mae Mr Rees yn gwneud mwy na dim ond gweddïo," ateba Mam yn siarp. "Chi i gyd yn gwbod faint o bwysau mae e wedi'u cario yng ngwaith y Pwyllgor Amddiffyn. Ofynnwn ni iddo fe ga'l gair gyda Caldicott. Nawr yfwch y te yna sy o'ch blaen chi."

Mae Mam yn torri'r deisen fawr felen gyda jam ynddi'n dameidiau a rhoi darn ar blat pob un ohonom. Am ychydig, mae sŵn yfed te a bwyta teisen yn llenwi'r gegin. Mae'n dechrau teimlo fel cartref unwaith eto.

"Reit, ewch at y godro, chi'ch dau," meddai Mam wrth glirio'r bwrdd. "Gareth, ti sy'n bwydo'r ffowls a'u rhoi nhw i gadw heno. Does dim amser 'da fi. Nia, dere 'da fi yn y car."

"Lle y'n ni'n mynd, Mam?"

"I weld Mr Rees," meddai, gan godi'r llythyr oddi ar y bwrdd, gwisgo'i chot a cherdded yn dalsyth i gyfeiriad y drws ffrynt.

14.

Y noson honno, mae Dad yn gorwedd ar ei hyd ar yr hen soffa yn y gegin, gyda chlustog o dan ei ben. Dyw e ddim wedi dweud fawr o ddim ers amser swper.

"Dere, Hywel," meddai Mam yn dyner. "Mae Mr Rees wedi gaddo mynd i Heol Awst i weld Caldicott ben bore fory."

Mae llygaid Dad wedi cau, ond rwy'n gwybod nad yw e'n cysgu. "Glywest ti beth ddwedodd y crwt – 'Bradwyr'," meddai Dad ymhen hir a hwyr, gan ailadrodd yr hyn ddwedais i. "Allen i ddim byw yn fy nghroen os ..."

"Un cam ar y tro, Hywel." Mae pendantrwydd yn llais Mam. "Dyna shwt mae hi i fod fan hyn. Nawr, mae Mr Rees yn mynd fory a do's dim mwy allen ni ei wneud heno. Felly ..."

"Ond dyna fydden ni, Siân – bradwyr. Dyna'n union fydden ni os mai ni fydd y man gwan yn yr undeb cry sy yn y cwm ers y dechreuad."

Mae'n rhaid bod Mam wedi penderfynu nad oes dim pwynt iddi geisio rhesymu gydag e ymhellach. Ar ôl sbel hir, mae Dad yn dweud y gair yna eto.

"Bradwyr – 'na beth fydd pobol yn ..."

A dyna Mam yn rhoi'i throed i lawr.

"Dyna fe. Dyna ddigon. Gareth, cer draw i Goed-y-carw a gwed wrth Jac bod 'i isie fe lan fan hyn. Gwed wrtho fod 'da fi jobyn o waith iddo fe."

A bant â fi ar draws y caeau.

*   *   *

Rhoddodd Siân Morgan waith i Nia i gasglu'r dillad oddi ar y lein ac aeth Defi mas i dincran dan fonet y tractor. Yna trodd at Hywel oedd yn dal ar y soffa.

"Rwy'n gwbod ei bod hi'n anodd, Hywel. Ond alli di ddim rhoi'r gore iddi nawr. Meddwl am y plant."

"Sa i'n deall y peth, Siân. Lan hyd nawr, ti sy wedi bod yn amheus ac yn garcus. Ypsetio Nia fach, hyd yn oed."

Mae Siân yn eistedd ar fraich y gadair.

"Wy'n gwbod hynny, Hywel. Ofni i hyn ddigwydd oeddwn i. O'n i'n gwbod bod ein sefyllfa ni'n wahanol i'r ffermwyr eraill gan mai tenantiaid ydyn ni."

"Ti'n iawn. Ry'n ni'n wahanol. A ni yw'r man gwan yn yr ardal ..."

"Na!" Mae Siân yn ôl ar ei thraed. "Paid ti â chredu hynny, a phaid ti â gadael i'r plant gredu hynny. Nawr bod y llythyr wedi dod, wy'n teimlo'n well a dweud y gwir."

"Teimlo'n well? Shwt ar y ddaear ..."

"Wel, all hi ddim mynd dim gwaeth, all hi? 'Na fe, mae'r mishtir tir wedi rhoi'i rybudd. Mae e'n ceisio'n bwlian ni i fod yn ufudd."

"Ond does dim dewis ganddon ni, Siân ..."

"Oes, mae dewis, Hywel! Mae dewis i'w ga'l! Nid ni yw'r rhai cynta i ga'l eu bwlian gan y mishtir tir. Nid y rhai cynta yn y cwm yma ac nid y rhai cynta yng Nghymru. Ac nid ni fydd y rhai cynta i wrthod ca'l ein bwlian ac i ddal ein tir."

Mae sŵn fan Coed-y-carw yn torri ar dawelwch tyn y gegin wrth iddi gyrraedd y clos, a'r teiars yn rhychu'r gro mân wrth iddi ddod i stop.

"Oherwydd dyna beth wnawn ni, Hywel. Dal ein tir!"

* * *

"Lle mae'r cawr, 'te!" Mae llais Jac Coed-y-carw yn llamu i mewn i'r tŷ bron cyn iddo agor y drws. Rwyf innau'n ei ddilyn i mewn i'r gegin.

"Beth yw hyn, Hywel?" Mae Jac yn sefyll uwch ben Dad. "Casglu dy nerth cyn y frwydr, ife?"

"Jac ..." Mae Dad yn hanner sythu i ledorwedd ar y soffa.

"Oherwydd brwydr yw hi, Hywel. A nage brwydr newydd yw hi, chwaith. Mae hi'n hen frwydr. Mae wedi bod yn mynd mlân a mlân ar hyd y canrifoedd. O'dd yr hen bobol yn brwydro, a nawr ein tro ni yw hi."

Mae Dad yn clirio'i wddw, ond nid yw'n dweud dim. Ond does dim pall ar Jac.

"Odw i wedi dweud wrthot ti eriôd fod un o'n teulu ni yn arfer bod gyda Merched Beca yn y shir hon?"

"Falle fod ti wedi sôn rhywbeth am y peth, Jac." Mae gwên fach slei ar wyneb Mam.

"Wil oedd ei enw fe ac roedd e'n cadw tafarn draw yn nhre Llandeilo. Roedd milwyr ar gefen meirch yn cribo'r wlad bob nos yn ceisio dala Merched Beca wrth eu gwaith. Ac roedd y milwyr hyn yn ca'l stablau a llety gan Arglwydd Dinefwr yn y plas tu fas i Landeilo. Ydych chi'n gwbod am y lle?"

"Odyn, Jac!" meddai Mam.

"Wel, roedd bois o dre Llandeilo yn gweithio yn y stablau, yn glanhau'r dom a phorthi'r ceffylau – ac roedden nhw'n gwrando ar sgwrs y milwyr. Roedden nhw'n clywed i ba gyfeiriad y bydde'r fyddin yn mynd y noson honno. Wedyn roedden nhw'n mynd i dafarn Wil i ga'l peint a rhannu'r cyfrinache 'da'r tafarnwr. Ydych chi'n deall?"

"Odyn, Jac!" meddaf innau.

"Ac wedyn, ar ôl cau'r dafarn, bydde Wil yn gwisgo gŵn nos ei fam a rhoi huddug o'r lle tân ar ei wyneb ac yn arwain Merched Beca i whalu gât a llosgi tollborth mewn ardal hollol wahanol!"

"Go dda, Jac."

"A dyna lle roedd y milwyr yn ffaelu'n lân a deall shwt nad oedden nhw'n llwyddo i ddal Beca! Ym Mhorth-y-rhyd ar bwys ni fan hyn, fe whalodd Beca'r gât a'r tolldy naw gwaith mewn tri mis yn haf 1843. A shgwlwch ar y cwm y dyddie hyn! Ni'n ôl wrth y gatie unwaith eto – a'r tro hwn, nid eu whalu nhw y'n ni'n ei wneud, ond eu cryfhau nhw. Eu gwneud nhw'n fwy diogel. Ond ysbryd Beca sy yn y tir unwaith yn rhagor, yntefe, Hywel?"

Mae Dad yn nodio.

"Ac nid malu gatie yn unig oedd gwaith y Beca," meddai Jac mewn hwyl adrodd yr holl hanes. "Dim ond arwydd o'r gorthrwm oedd y gatie a'r tollbyrth. Roedd Deddf y Tlodion yn hala teuluoedd i'r wyrcws yng Nghaerfyrddin – gwahanu gŵr a gwraig a llond tŷ o blant. Roedd meistri tir yn codi rhenti dychrynllyd ac yn creu tlodi ar draws y wlad, ac yna'n hala beiliffs i gymryd anifeilied y ffermydd a llusgo teuluoedd tlawd i'r llysoedd. Wel, fe safodd Beca yn erbyn y gorthrwm hwn i gyd ac un pnawn o Fehefin yn 1843, fe dda'th tyrfa o ddwy fil o Ferched Beca a'u dilynwyr o gefen gwlad i feddiannu tre Caerfyrddin. 'Cyfiawnder' a 'Rhyddid' oedd y geirie ar y baneri. Fe dda'th cwryglwyr afon Tywi a thlodion y dre i ymuno â nhw a llanw'r holl strydoedd. Fe chwalon nhw'r gatie ac ymosod ar y wyrcws. A dyna beth fydd yn rhaid i ni wneud, Hywel. Ymosod ar Gaerfyrddin fory!"

Mae gwên ar wyneb Dad erbyn hyn ond mae'n dal i ledorwedd ar y soffa.

Mae Mam yn dal ei phen yn uchel, ond Nia yw'r un sy'n rhoi llais i'r hyn sydd yn ei chalon.

"Ddo' i gyda ti, Jac!" meddai hi.

15.

Mae hi bellach yn hanner dydd, dydd Sadwrn, a dyw Mr Rees ddim wedi cael ateb call gan Caldicott, asiant y meistr tir. A dweud y gwir, dyw e ddim wedi cael ateb o gwbl. Aeth Mr Rees i'w swyddfa yn Heol Awst, ond roedd hi wedi'i chloi a dim hanes o neb yn yr adeilad. Daeth y gweinidog adref a cheisio ffonio a ffonio weddill y bore – ffonio'r swyddfa a chartref Caldicott – ond does neb yn ateb o hyd.

Erbyn hyn, mae pwyllgor brys o ryw wyth o ffermwyr a'r gweinidog yn ein tŷ ni.

"Rwyf wedi ceisio fy ngorau glas i ga'l gafael arno," meddai Mr Rees. "Ond mae wedi diflannu o'n golwg!"

"Pa werth rhedeg ar ôl y ci bach pan ddylen ni fynd ar ôl y bwldog ei hunan?" hola Jac Coed-y-carw.

"Beth sy gyda ti nawr, Jac?" gofynna William Thomas, y cadeirydd.

"Wel, dim ond hala llythyr ar ran ei feistr wnaeth Caldicott. Hwnnw yw'r drwg. Mae isie inni ymweld â Charles Maurice yn ei garej yng Nghaerfyrddin a thrafod pethe fel Rhyddid a Chyfiawnder gydag e."

"Fydd hi'n job ca'l gafael ar hwnnw ar bnawn Sadwrn," meddai un arall o'r ffermwyr.

"Fe ddaw e'n ddigon clou," meddai Jac, "os bydd saith neu

wyth ohonon ni ar glos y garej yn blocio'i bwmps petrol e. Synnwn i daten na ddaw e i'r golwg wedyn!"

Bu tawelwch am ennyd. Yna'n sydyn, roedd y gegin yn ferw gwyllt o siarad clou. Pawb wrthi bymtheg y dwsin ar draws ei gilydd. Yna mae Mr Rees yn codi'i law i ofyn am dawelwch.

"Cyn gwneud hynny, Jac," meddai ef, "rwy'n credu nad yw hi ond yn deg i ni roi un cyfle iddo. A gytunwch chi i mi roi galwad ffôn iddo yn ei gartre i ofyn iddo ailystyried?"

Mae sawl un o'r ffermwyr yn crafu pen a rhwbio llaw ar ên. Un neu ddau'n murmur yn eu gyddfau a nodio'u pennau'n araf.

"Chwara teg," meddai William Thomas, "mae gan Mr Rees bwynt yn fan hyn. Allen ni ddim ca'l ein gweld ein bod cyn waethed â nhw, allen ni? Dyw dou dro drwg ddim yn gwneud un tro da. Ie, bwli yw Charles Maurice, ond allen ni ddim gwasgu'r bwli heb roi un cyfle teg iddo. Er nad yw e'n haeddu'r cyfle hwnnw, falle!"

"Rhowch gynnig arni 'te, Mr Rees." Mae Jac yn eithaf bodlon ar hynny hefyd.

Does gan Mr Rees ddim ffôn yn ei gartref felly mae pawb yn codi o'r gegin a cherdded yn dawel at y ciosg ar sgwâr y pentref. Mae tawelwch dramatig yno wrth i'r gweinidog wasgu ei hunan i'r ciosg bach a phawb arall yn dal y drws yn agored ac yn ceisio stwffo'u pennau yn nes at y ffôn. Rydym yn gwylio Mr Rees yn deialu wrth i Mam ddarllen y rhifau o'r llyfr ffôn.

"Mae e'n canu, bois!" meddai Mr Rees.

Mae pawb yn dal ei wynt wrth inni glywed y gweinidog yn

gofyn am gael gair gyda Charles Maurice. Mae Mr Rees yn rhoi'i law dros y derbynnydd ac yn sibrwd wrth fois y ciosg:

"Mae hi wedi mynd i'w hôl e o'i stydi. Ond mae hi wedi fy rhybuddio i nad o's llawer o amser 'dag e i siarad gan ei fod e'n whare golff y pnawn 'ma."

"Gyda'i ffrindie o Abertawe, siŵr o fod!" gwaedda Jac ac mae tipyn o chwerthin ar y sgwâr.

Mae Mr Rees yn codi'i law i'r awyr yr eildro a chawn ddistawrwydd llethol unwaith eto. Rydym yn gwrando arno'n cyfeirio at y llythyr at y tenant yn Nolffynnon yn gryno, ac yn rhyfeddu, meddai ef, fod gŵr parchus fel Charles Maurice yn rhybuddio ei denant nad yw fod i weithredu yn ei ôl ei egwyddorion. Ar ganol brawddeg, mae'r gweinidog yn gorfod atal ei eiriau a phrin ei fod yn cael dweud gair arall. Yna, mae Mr Rees yn dal y ffôn oddi wrth ei glust.

'Mae e wedi rhoi'r ffôn i lawr ar ganol y sgwrs," meddai a'i lygaid fel soseri. "Roedd e'n dweud yn gwrtais ei fod e'n cydymdeimlo â'n hachos ni ond bod yn rhaid i ni dderbyn dyfarniad Syr Keith Joseph a dangos tipyn o barch at ei synnwyr cyfiawnder e!"

"Parch at Keith Joseph!"

"Synnwyr cyfiawnder!"

"Gwarthus! Gwarthus!"

Mae'r lle'n ferw gwyllt. Mae Jac Coed-y-carw isie i ni fynd â pheiriant tyllu a gwneud tyllau peli golff ar hyd tarmac garej Charles Maurice. Yn y diwedd, maen nhw'n penderfynu gyrru chwech o ffermwyr mewn landrofers a faniau i'r garej a bod y rheiny'n mynd heibio tri o rai eraill ar eu ffordd.

"Gwell i ti, Hywel, gadw mas o hon," meddai Jac.

"Ond diawch," meddai Dad, "fi sy wedi ca'l y llythyr yna."

"Ie, ond mater o egwyddor yw hyn," cytuna Mr Rees. "Gwell peidio â gwneud y mater yn un personol."

"Mae'n amser sefyll fel un." Mae cryfder yn llais William Thomas. "Ry'n ni fel ardalwyr yn sefyll dros hawliau un sy'n ca'l ei orthrymu. Gawn ni weld faint o golff gaiff Maurice pnawn 'ma."

"Wy'n ca'l mynd gyda nhw, yn dwyf i, Dadi?" ymbilia Nia.

"Sa' di fan hyn gyda fi, Nia fach," meddai Mam. "Mae angen ni'r merched i warchod y cwm tra bod y dynion yn gorfod gadael."

"Yr un fath â Gwenllïan, yntefe, Mami?" Mae llygaid Nia yn loywon.

"Dewch mlân, bois," meddai Jac a fe yw'r cyntaf mas drwy'r drws.

* * *

Prynhawn hir fu hwnnw i ni yn Nolffynnon. Chawson ni'r plant ddim mynd i garej Maurice, wrth gwrs. Gwelsom y cymylau llwch yn codi wrth i chwe cherbyd wibio o'r clos ac anelu am Gaerfyrddin.

Tra ydym ni'n aros i rai ddychwelyd gyda newyddion o'r dref, gredwch chi byth beth sy'n cyrraedd y clos yma tua phedwar o'r gloch. Lorri a phob math o gêr yn y cefn yw hi, gyda'r rhif cofrestru 843 ACY arni.

"CY ar y clos Dadi!" gwaedda Nia. "Rhif Abertawe yw e!"

"Beth nawr!" meddai Dad, a rhuthro o'r beudy yn syth i wyneb y dreifar. Cyn iddo ddweud gair, fodd bynnag, mae dyn mewn siwt wedi dod o ochr draw'r lorri gan ddal dalen o bapur o'i flaen.

"Mae hwn yn rhybudd swyddogol gan Gyngor Abertawe," meddai'r siwt. "Mae gennym ganiatâd i ddechrau archwilio'r tir. Mae meistr y tir hwn wedi cadarnhau nad oes hawl gennych chithau i'n rhwystro ni. Tynnwch y cadwyni a symudwch y tractor yna inni ga'l mynd i'r cae."

16.

Mae Dad yn rhewi yn ei unfan gan droi'i ben yn wyllt i edrych ar y gât. Mae honno'n edrych yn gadarn, ond mae rhyw ias yn cerdded ar hyd fy asgwrn cefn i. Fydd y llythyr sydd ar fwrdd y gegin a'r bygythiad gan y meistr tir yn ddigon i agor y gât i'r lorri?

Rwy'n edrych ar y swyddog o Abertawe. Mae fel ci a chanddo ddwy gynffon nawr. Rwy'n gallu'i weld yn sgwario'i ysgwyddau a sythu'i gefn yn bwysig. Mae hyd yn oed yn cerdded at y gât sy'n arwain o'r clos at Cae Cwningod ac yn llygadu'r gadwyn. Gât Cae Cwningod! Fi yw capten y gât honno! Mae'n rhaid i mi wneud rhywbeth.

Does gen i ddim syniad beth i'w wneud ond mae fy nhraed wedi meddwl drosof. Rwy'n rhedeg at wal y clos a hanner dringo, hanner llamu i'w phen ac yna rwy'n glanio yn y cae. Rhedeg draw at y gât wedyn a sefyll y tu ôl i'r gadwyn sy'n ei dal yn sownd wrth y polyn yn y ddaear.

"Ho! A beth yw dy gêm di, boi bach?" meddai swyddog Abertawe gyda gwên wawdlyd ar ei wyneb.

Dwyf i ddim yn gorfod dweud na gwneud dim. Dyma Mam yn rhuthro ar draws y clos fel saeth.

"Gadewch lonydd i'r crwt!" gwaedda Mam nerth esgyrn ei phen. "Os y'ch chi isie ffeit, dewch ataf fi, gw'boi!"

"Siân fach," meddai Dad a'i law ar ei dalcen. "Does gyda ni ddim ffordd o'u rhwystro nhw ar hyn o bryd ..."

"Bydd yn rhaid i'r lorri yna ddreifio dros y ddwy goes hyn cyn y caiff hi i fynd drwy'r gât i'r cae!" meddai Mam wrth y swyddog.

"Glywsoch chi'r gŵr," meddai'r swyddog yn oeraidd. "Nid chi pia'r ffarm hon ac mae'r mishtir tir eisoes wedi ..."

"Mae'r mishtir tir wrthi'n cnoi cil ar bethe ar hyn o bryd," meddai Mam, "a bydd e'n ailfeddwl, rwy'n siŵr o hynny."

"Y neges ry'n ni wedi'i derbyn," meddai'r swyddog eto, gan ddala'r ddalen papur o'i flaen, "yw bod yn rhaid parchu'r gyfraith a chlirio'r hewl o'n blaenau inni ga'l mynd ar y tir."

Rwy'n gweld Dad yn troi'i gefn a mynd i eistedd ar stepen y drws ffrynt gyda'i ben yn ei ddwylo. Erbyn hyn mae Nia fach a Defi gyda fi y tu ôl i'r gât ac mae Mam yn sefyll o'i blaen hi, yn rhoi'i hunan rhwng y swyddog a'r lorri a'r ffin i'r cae.

Mae eiliad neu ddwy ansicr yn mynd heibio. Yna, rydym ni'n clywed corn yn canu o bell a sŵn injan yn refio'n wyllt. Ychydig eiliadau eto ac mae landrofer Jac yn sgrechian i'r clos, gyda cherrig mân yn tasgu o'i olwynion. Cyn bod yr injan wedi diffodd yn iawn, mae Jac mas o'r landrofer ac yn gweiddi dros y clos.

"Mae e'n tynnu'r llythyr 'nôl! Dyw Charli-boi ddim yn estyn y rhybudd 'na i ti, Hywel!"

Dyma Dad yn neidio ar ei draed fel ebol mis oed.

"Sdim caniatâd 'da ti, felly, i ddod ar ein tir, " meddai e wrth y swyddog bach. "Nawr mas o'r clos yma cyn fy mod i'n colli 'nhymer!"

Mae dwy gynffon y swyddog wedi diflannu rhwng ei

goesau erbyn hyn. Rydym yn dod dros y gât a chlosio o gwmpas Dad i weld y swyddog yn cilio'n ôl i'r lorri a'i baglu hi am Abertawe. Daw Jac atom.

"Tawn i'n byw i fod yn gant, wela i fyth bnawn fel heddi!" meddai ef. "O's te yn y tebot? Dewch imi weud wrthoch chi shwt buodd hi."

*　*　*

Bwrdd llawen iawn sy yn y gegin erbyn bod Jac ar ei ail baned o de. Cafodd fodd i fyw yn disgrifio wyth fan a landrofer yn glanio fel haid o frain ar glos garej Charles Maurice ger Caerfyrddin. Fe wnaed jam o draffig y garej ar unwaith gyda dim ond un bwlch er mwyn gadael i'r rhai oedd eisoes wedi llwytho'u ceir â phetrol fynd oddi yno.

"A phwy basodd y foment roedd y car ola'n gadael ond lorri sgrap Jo O'Connor!" meddai Jac gan chwerthin fel clown. "Fe redes i i'r hewl a'i stopo fe. A phan ddeallodd e beth oedd yn digwydd, fe refyrsodd e i gau'r bwlch ar unwaith. Daeth bachgen o'r garej aton ni wedyn a gofyn a oedden ni moyn diesel neu rywbeth. A wedodd William wrtho fe na fydde neb yn serfo diesel na phetrol, na phaced o Polos hyd yn oed, nes bydde'r bos yn cyrraedd."

Roedd e ar y ffôn ar ei union, meddai Jac ac mae'n rhaid ei fod wedi creu darlun clir o'r sefyllfa oherwydd roedd Maurice yno mewn llai na phum munud. Cwympodd y geiniog yn gyflym, mae'n rhaid, ac roedd y meistr tir yn gweld y byddai ei brynhawn Sadwrn e'n costio'n ddrud iawn iddo os na allai gael gwared ag wyth ffermwr crac yn eithaf cyflym.

"A jest i roi petrol ar y tân, yntefe," meddai Jac gan chwerthin eto ar ben ei jôc ei hunan, "dyma Jo Sgrap yn gweud wrtho fe fod ganddo ddou funed i wneud ei benderfyniad cyn y bydde fe'n dympo'i lwyth o sgrap yn y fynedfa a mynd adre!"

Roedd Maurice wedi ceisio dweud nad oedd ei fygwth fel hyn ddim yn mynd i ddwyn ffrwyth.

"'Ond ti sy wedi bygwth dy denant!' – dyna wedodd William wrtho," meddai Jac gan gael blas ar adrodd y stori. "Ac wedyn wedodd William wrtho fe: 'Os wyt ti isie bygythiad teidi, wel dyma fe. Rwyt ti'n rhoi rhyddid i'r tenant ddilyn ei egwyddor ei hunan a gwrthwynebu Abertawe, neu bydd tri deg pedwar o ffermwyr Cwm Gwendraeth Bach yn boicotio dy garej di. Yn fwy na hynny, byddwn ni'n ca'l cyfarfodydd o'r ddou undeb ffermwyr drwy shir Gâr gyfan a bydd HOLL ffermwyr y sir yn ymuno yn y boicot.'"

"Beth yw boicot?" gofynna Nia.

"Pallu gwneud dim ag e," esbonia Mam. "Gwrthod prynu dim yn y garej. Gwrthod siarad ag e, hyd yn oed."

"Aeth e'n wyn," meddai Jac. "Ac roedd Jo Sgrap wrth ei fodd ac yn gweud wrth Maurice ei fod e'n gwbod popeth am foicotio oherwydd mai yn Iwerddon ..."

Dau funud gymerodd hi wedyn i'r meistr tir ddweud ei fod yn tynnu'i fygythiad yn ôl.

"Rwyt ti'n rhydd i ddal dy dir felly, Hywel!" Mae gwên fuddugoliaethus ar wyneb Jac.

"Diolch byth!" meddai Dad. "Fydde'n gas gen i orfod bod yn ..."

"Paid â gweud y gair, Hywel!" meddai Mam. "Smo ni moyn ei glywed e ar yr aelwyd hon byth eto, a dyna ben arni."

17.

"Dal hon 'te, Gareth! Gôl adlam dros Gymru fydd hi!"

Mae Ianto a minnau'n ymarfer ein ciciau ar gyfer ein gêm ar ôl ysgol ganol wythnos nesaf. Maswr yw Ianto ac rwyf innau'n whare cefnwr i'r tîm dan dair ar ddeg. Daw'r bêl ledr yn lân o'i droed ond mae'n taro yn erbyn y postyn – ac mae hwnnw'n torri yn ei hanner! Ac yna, dyma'r trawst i lawr gan hollti ar ben y wal. Mae'r ddau ohonom yn edrych â'n cegau'n agored am eiliad.

"Mae'r coed yma'n bwdwr, bachan!" gwaedda Ianto, pan ddaw ato'i hun a dechrau chwerthin.

Daw'r ddau ohonom at y wal i weld beth yw hanes y pyst. Dau bolyn pren go arw wedi'u gosod mewn peips clai yn y ddaear wrth wal y clos yw ein 'pyst rygbi'. Gall Ianto ymarfer ei giciau adlam o ochr y clos i'r wal a gallaf innau ymarfer cicio o'r ddaear o'r cae yr ochr arall. Mae'n gweithio'n iawn fel arfer a does dim llawer o ffenestri o fewn cyrraedd.

Tad-cu gododd y pyst, a hynny pan oedd Ianto a finnau'n dechrau siapio fel chwaraewyr pan oeddem ni'n rhyw wyth neu naw oed. Aeth â fi i'r Cwm Gwyllt, fel y galwai'r lle, a thorri boncyffion o bren collen. Mae clwstwr o goed union yn tyfu yno ac yna dyma ni'n eu llusgo adref, eu rhoi'n sownd gyda darnau o gerrig yn y peips clai a hoelio'r trawst drwy sefyll ar ben y wal. Cafodd Ianto a finnau oriau o hwyl yn ymarfer o boptu'r pyst, ond roedd hi'n amlwg ei bod hi'n amser cael coed newydd erbyn hyn.

Cyn bo hir mae Ianto a minnau'n cario llif fwa a bwyell fechan ac yn cerdded lan yr hewl o Ddolffynnon. Ryw hanner milltir o'r ffermdy y mae'r cwm bach coediog lle mae nant yn llifo i lawr y llechwedd cyn ymuno ag afon Gwendraeth Fach. Yma'r oedd Tad-cu yn dod â fi pan oedd angen ffon gerdded neu bolion ffa i'r ardd – neu byst rygbi, wrth gwrs.

"Chi piau'r coed yma?" hola Ianto wrth inni ddringo dros gamfa i'r llwybr sy'n arwain rhwng y coed.

"Na, tir comin yw Cwm Gwyllt – dyna oedd Tad-cu'n ei ddweud wrtha i bob amser," atebaf innau. "Mae gan bawb yn yr ardal hawl i ddefnyddio'r lle."

Dyna sut bod cystal coed yma, yn ôl Tad-cu – roedd y boncyffion yn cael eu tocio'n gyson a mwy a mwy o dyfiant union yn canghennu o'r gwreiddyn.

"Weli di bolion go dda?" Mae'r ddau ohonom yn cerdded ar hyd y llwybr ac yn llygadu'r tyfiant o'r gwaelod i'r brig.

"'Co iti un!" meddai Ianto, wrth sylwi ar bren union.

"Ac mae un bach yn y fan hyn a wnaiff drawst iawn," meddaf innau.

Rwy'n ceisio cofio gwersi Tad-cu wrth drin yr arfau: torri modrwy o rych o gwmpas y bôn gyda'r fwyell i ddechrau ac yna Ianto a minnau'n tynnu un ym mhob pen y llif fwa ar ôl penderfynu i ba gyfeiriad y mae'r coedyn yn cwympo. Tocio'r canghennau gyda'r fwyell fach a thorri'r brig main i ffwrdd. A dyna ni!

Ymhen rhyw hanner awr mae'r ddau ohonom yn llusgo

polyn yr un yn ôl am Ddolffynnon ac mae gen innau drawst ar fy ysgwydd. Hanner awr arall ac mae pyst (gweddol syth) wedi'u cloi yn y peips clai (yn weddol union) ac mae'r trawst wedi'i hoelio yn ei le.

"Mae'r ddou bolyn yn dod i mewn at ei gilydd, bachan!" meddai Ianto wrth graffu ar ongl y pyst.

"Gore i gyd, Ianto!" Mae'n ei gwneud hi'n anoddach cael pêl rhyngddyn nhw – ac felly maen nhw'n well ar gyfer ein hymarfer.

Dyna lle rydym am sbel wedyn, yn cicio'r bêl mor uchel ag y medrwn yn ôl ac ymlaen o'r clos i'r cae.

"Hei, mae'r rhain yn byst go dda, bachan!" meddai Ianto wrth daro'r bêl yn glec yn erbyn y polyn eto, ond heb ei chwalu'r tro hwn.

Ar hynny, mae wyneb cyfarwydd yn troi i mewn o'r hewl i glos Dolffynnon.

"Terry! Shw ma'i!" Mae Mic yn ei ddilyn yn ffyddlon, ac mae'r got fawr gyda'r pocedi dyfnion amdano.

"Lan a lawr, fel y gweli di."

"Wnest ti ddim cerdded yma bob cam o Fynyddygarreg, does bosib?"

"Roedd Dad yn mynd â'r lorri i Bontantwn i mofyn llwyth o sgrap, a gerddes i lan o fan'ny. Ar hyd yr hewl y tro hyn." Mae sbarc yn y llygaid o dan y cap gwlân.

"Hei, Ianto – dyma Terry o'r iard sgrap. Ti'n cofio fi'n sôn wrthyt ti amdano?"

"Jiw, mae e'n fain," meddai Ianto, gan edrych ar Mic. "Mae'i asenne fe'n gwmws fel telyn!"

"Y main sy'n hela, fel wedes i o'r bla'n." Mae gwên

chwareus ar wefusau Terry.

"Alla i ddim gadael iti fynd ar ddolydd yr afon," meddaf innau, ond ro'n i wedi cael syniad da yn sydyn. "Mae pawb yn y cwm 'ma ar bigau'r drain ers i'r cwrt yng Nghaerfyrddin roi warant i gerbyde Abertawe fynd ar ein tir ni heb ganiatâd a heb rwystr. Ond mae gen i le bach braf i ti a Mic fynd i hela."

"Ie, ro'n i'n clywed nad oedd pethe wedi mynd yn rhy dda ichi yn y dre," meddai Terry.

"Roedd yr orymdaith yn wych, yn doedd e, Gareth?" Mae Ianto'n cael ei big i mewn i'r sgwrs. "Roedd tyrfaoedd ar hyd ochrau'r strydoedd yn ein cefnogi ni."

"Ond siom yn y cwrt," meddaf innau. "Mae'r gyfraith a'r heddlu y tu ôl i Gyngor Abertawe nawr."

"Dyw hynny ddim yn gweud mai nhw sy'n iawn," meddai Terry'n dawel.

"Itha reit!" Mae Ianto'n dechrau tanio'n awr. "Mae cryfder a chyfiawnder yn ddou beth hollol wahanol, fel mae Dad yn ei weud!"

"Ta waeth," meddaf innau. "Mae'r cwm i gyd yn nerfus, yn aros confoi o beiriannau a sgwad o heddlu yn clirio'r ffordd iddyn nhw. Mae rhywun ar sgwâr yr eglwys yn cadw golwg drwy'r dydd. Mae patrôls ar yr hewlydd bach i gyd. Fe all y clychau ga'l eu seinio unrhyw awr a byddwn ni i gyd yn gollwng beth bynnag ry'n ni'n ei wneud a mynd i warchod y gatie."

"Ro'n i'n gallu gweld pobol yn pipo drwy'r cyrtens arna i pan o'n i'n cerdded lan drwy Langyndeyrn," meddai Terry.

"Bydde gweld dieithryn ar gae Dolffynnon yn ddigon i fyddin y cwm ga'l ei galw a welet ti'r un gwningen o hyn i Sul y Pys," esboniaf. "Bydd peryg inni ddechrau reiat yma!"

Mae golwg siomedig ar wyneb Terry, ond mae gen i gynnig arall i'w roi iddo.

"Cer di lan y ffordd rhyw hanner milltir ac ar y whith fe weli di gamfa yn mynd â thi i lwybrau Cwm Gwyllt. Tir comin yw e ac mae'n rhy uchel ac anwastad i beiriannau Abertawe. Mae'r lle'n berwi o gwningod o dan wreiddiau'r llwyni cyll yno."

Nod a diolch, a bant â Terry a'i gymorth yn yr helfa.

"Y cwm uchel," meddai Ianto'n fyfyrgar. "Dyna lle ti'n ei hala fe. Yn union fel mae Pwyllgor Amddiffyn y cwm yma'n ceisio hala Abertawe lan i'r mynydde i godi eu cronfa ddŵr."

Mae'r geiriau yna'n troi yn fy meddwl innau am ddyddiau ar ôl hynny.

18.

Ar ôl ysgol un prynhawn yn yr wythnos ganlynol, mae Nia'n cyrraedd gartref a'i gwynt yn ei dwrn.

"Mr Rees y Gweinidog!" meddai a'i bochau'n gochion, ac yn ymladd am wynt i adrodd gweddill ei stori.

"Beth sy'n bod arno fe?" hola Mam. "Does dim byd wedi digwydd iddo fe, o's e?"

"Nago's. Mr Rees sy isie i bawb sy ar ga'l i ddod i'r pentref. Mae criw teledu yno. Cameras a fan fawr a dyn gyda meicroffon."

"Beth sy mlân 'te?" gofynna Defi.

"Maen nhw'n gwneud rhaglen newyddion am Langyndeyrn. Am y ffeit i achub y cwm!"

"A beth maen nhw isie i ni wneud?" holaf innau.

"Maen nhw isie ein ffilmo ni'n paratoi i amddiffyn y lle rhag bois Abertawe. Dangos beth fydd yn digwydd pan fydd y peiriannau archwilio yn cyrraedd."

"Maen nhw moyn gwbod ein cyfrinache ni, felly," meddai Defi'n amheus.

"Na, isie dangos pa mor benderfynol y'n ni, medde Mr Rees," yw ateb Nia.

"Cyhoeddusrwydd," ychwanega Mam. "Mae hwnnw'n air mowr y dyddie hyn. Os y'ch chi'n cyflwyno'ch stori yn dda, ry'ch chi'n ennill cydymdeimlad. All e fod yn arf pwysig i ni yn y frwydr."

"Wel, alla i ddim mynd i'r pentre i actio er mwyn y camera," meddai Dad. "Ond fe af i pan fydd angen, hefyd."

Mae Nia am fynd i'r pentref, wrth gwrs, ac af innau gyda hi gan alw heibio Ianto ar y ffordd. Mae Mr Rees yn trefnu bod Nia'n rasio at sgwâr Llangyndeyrn ac yn gweiddi, "Mae Abertawe ar eu ffordd 'ma! Maen nhw 'ma!"

Mae Jac Smith y Post wedyn yn mynd nerth ei draed i'r eglwys i ganu'r ddwy gloch yn y tŵr a dyna pryd bydd drysau'n agor a thyrfa'n rhedeg i greu rhengoedd o boptu'r brif hewl drwy'r pentref i gadw golwg ar y drafnidiaeth. Rydym ni'n gorfod gwneud yr un peth sawl gwaith ac yn y diwedd mae gŵr tew, barfog yn dweud '*Fine!*' Am ryw reswm, roedd Jac Coed-y-carw yn galw'r dyn tew hwnnw oedd yn ffysian o'n cwmpas ni drwy'r amser yn 'Cnoc y Dorth'!

"O, un felly oedd e!" mae Mam yn chwerthin. "Pen gwag, dyna oedd e i Jac. Ti wedi 'ngweld i'n crasu bara, Nia? Pan fydd torth bron yn barod i ddod o'r ffwrn, bydda i'n ei throi drosodd a'i churo gyda fy nwrn fel hyn."

Mae Mam yn cnoco ar fwrdd y gegin.

"Os o's sŵn gwag yn y dorth, mae'n barod i ddod o'r ffwrn. Ac mae llawer o bobol enwog a'u pennau nhw'n hollol wag i'w ca'l hefyd! Dyna iti pam oedd Jac yn ei alw fe'n Cnoc y Dorth."

"Yna maen nhw'n cyfweld Mr Rees," aiff Nia ymlaen â'i stori. "Rwy'n ei glywed e'n dweud: 'Mae'r ardalwyr yn gadarn gyda'i gilydd. Dy'n ni ddim yn mynd i blygu i ddeddf gwlad. Fyddwn ni ddim yn ufuddhau i orchymyn y llys. Mae sawl ffermwr wedi dweud ei fod yn fodlon mynd i garchar cyn y gwnaiff e ganiatáu iddyn nhw archwilio'i dir. Nid eithafwyr penboeth ydyn nhw, dim ond pobol gyffredin sy'n ddewr a phenderfynol wrth weld y bygythiad hwn i sarnu'r tir a boddi aelwydydd.'"

Mae'r criw ffilmio eisiau dod â chamerâu i gael lluniau o rai o'r gatiau ar hewlydd y cwm ar ôl hynny. Maen nhw wrth eu boddau'n ffilmio'r cadwyni a'r cloeon, y rhwystrau a'r sgrap. Mae Jac Coed-y-carw yn troi'i gap y tu ôl ymlaen ac yn neidio dros y gât ar un o'i gaeau ef. Yna mae'n dal yn sownd yn y gât ac yn dangos sut y bydd yn rhwystro swyddogion Abertawe – neu'r heddlu neu'r fyddin os bydd raid – rhag torri'r cadwyni a symud y rhwystrau.

Ond falle mai Ianto ei hunan yw seren y ffilmio. Mae rhai eisoes wedi cymharu Cwm Gwendraeth Fach â Chantre'r Gwaelod – ond cymharu er mwyn dangos bod pethau'n wahanol yn ein cwm ni. 'Nid Cantre'r Gwaelod yw Llangyndeyrn!' yw'r slogan.

Y prif reswm pam mae hanes y ddau le'n wahanol yw bod Seithenyn, y gwyliwr ar y tŵr yng Nghantre'r Gwaelod, wedi mwynhau ei hunan yn ormodol yn y neithior briodas ac wedi anghofio am ei ddyletswydd i gadw llygad ar y tywydd, y tonnau a'r llanw. Yn Llangyndeyrn, mae gennym ni hanner cant o 'wylwyr ar y tŵr'!

Er mwyn y cwmni teledu, cafodd Ianto fynd i dop tŵr yr eglwys a chael ei ffilmio'n craffu i'r pellter ac yn cadw llygad am gonfoi o Abertawe ar hewlydd y cwm. Wedi bod wrth y gwaith o ddifri am rai eiliadau, roedd e'n troi at y camera ac yn dweud: "Nid Seithenyn Cantre'r Gwaelod sydd fan hyn ac

ni fydd Llangyndeyrn ar waelod llyn."

"Odi ti'n barod? *Ready for take one?*" mae Cnoc y Dorth yn ei ofyn.

Mae Ianto'n actio'r craffu i'r gorwel yn wych iawn ond pan ddaw'n amser iddo ddweud ei linell, yr hyn ddaw o'i geg yw: "Nid Seithenyn sydd yn y llyn ac mae Llangyndeyrn ar ben y bryn."

"*Cut, cut!*" gwaedda Cnoc y Dorth yn flin ac mae'n rhaid i Ianto roi cynnig arall arni.

"Nid Seithenyn sy'n byw fan hyn ac mae Llangyndeyrn yn hollol syn!"

"*Cut, cut!*" arall gan Cnoc y Dorth.

Tri chynnig i Ianto yw hi wedyn, ac mae'n dweud ei eiriau'n gywir y trydydd tro.

Cawn ni'r plant ein ffilmio ar ben cloddiau ac ar ben gât yn cynorthwyo yn y gwaith gwarchod. "Mae angen pawb yn y frwydr hon – o'r plant mân i'r hen bobol," meddai'r gohebydd wrth y camera.

Fel y mae'r criw teledu'n gadael, mae dyn papur newydd a ffotograffydd yn cyrraedd. Maen nhw wedi dod bob cam o Lundain a bydd ein hanes a'n lluniau yn y papurau cyn bo hir.

"All pobol ddim llai na chydymdeimlo â ni," meddai Mr Rees. "A bydd pawb yn gweld bai mawr ar Abertawe."

Ond ar ddiwedd y cyffro, mae Mr Rees yn cael sgŵp. Wedi i'r dieithriaid i gyd gilio o'r cwm, mae'n ein galw at ein gilydd ar sgwâr Llangyndeyrn ac yn diolch inni i gyd am roi ein hamser i hybu'r achos.

"Ac mae gen i bwt o newyddion i chithau nawr," meddai ef. "Ewch adre a dwedwch wrth bawb yn y cwm. Cyn dod yma, roedd y gohebydd yna wedi bod yn cyfweld un o swyddogion Abertawe. Ac mae hwnnw wedi gadael y gath mas o'r cwd. Fe wedodd e wrth y gohebydd mai rywbryd yr wythnos nesaf y maen nhw'n dod i archwilio tir Cwm Gwendraeth. Wythnos nesaf! Dyma pryd y bydd y frwydr. Ewch adre i baratoi!"

"A chofiwch edrych ar y *news* ar y *TV*," meddai Cnoc y Dorth.

19.

"Roedd rhai o'r plant bach yn llefen," meddai Nia wrth y bwrdd te nos Wener.

Mae hi wedi bod yn adrodd hanes William Thomas yn ymweld â'r ysgol heddiw ac yn paratoi'r plant i fod yn rhan o'r ymdrech i warchod y cwm. Roedd e wedi sôn am y gatiau wedi'u cloi a'u hamddiffyn gyda hen offer.

"Mae argae o sgrap haearn yn gwarchod Cwm Gwendraeth Fach!" oedd ei eiriau e.

Wedyn roedd wedi pwysleisio bod gan bob un ohonom ran i'w wneud yn amddiffyn y cwm pan ddôi confoi Abertawe i geisio gwthio'u ffordd i gael mynediad i archwilio'r tir. Ac roedd wedi gorffen drwy ddarllen y penillion hyn o flaen y dosbarth a rhoi copi i bob plentyn fynd â nhw adref y diwrnod hwnnw:

> **Bro fy Mebyd**
> Bydd wylo hir ac alaeth
> A dig mewn mwyn gymdogaeth,
> Os daw'r troseddwyr hy ar dro
> I foddi bro Cwm Gwendraeth.

Os deuant yno'n fore
A'u gêr o enau'r Tawe,
Cânt groeso dibrin gwŷr shir Gâr
Cyn cyrraedd sgwâr y Llandre.

Y byd a wêl heb oedi
Mai clo sy'n dal y clwydi
O byrth Panteg hyd Borthyrhyd –
Peiriannau drud sy'n rhydu.

Na fydded lle i alltud,
Na bad ym mro fy mebyd,
Na chronfa ddŵr ar ffurf o fae
I beri gwae ac adfyd.

Cysegrwyd nod a nwydau
Ac uno'r holl enwadau
Er rhoi ein stad i'r oesau ddêl
Dan arwydd sêl y tadau.

Mae galwad daer gwyliedydd
Am arwyr dewr o'r newydd,
Cyn rhoddi ynys werdd dan li,
Clywch uchel gri y clochydd.

"Ie, falle fod y rhai bach yn llefen," meddai Mam ar ôl saib fer,
"ond mae'r fath beth â llefen yn ddewr hefyd. Mae geirie fel
yna'n cyffwrdd y galon ond maen nhw hefyd yn rhoi haearn
yn ein gwaed ni i'n gwneud ni'n gryfach ac yn fwy
penderfynol."

"Itha reit, Siân," cytuna Dad. "Nid dim ond o gwmpas y gatie y mae haearn yn y cwm yma erbyn hyn. Mae e yn asgwrn cefen ac yng ngwythienne pawb sy'n byw yma hefyd."

Ailedrych ar amddiffynfeydd haearn pob gât ry'n ni'n ei wneud ar y Sadwrn. Hir yw pob ymaros. Alla i ddim cyfri sawl gwaith y mae pen un ohonom yn codi ac yn edrych ar hyd yr hewl i gyfeiriad y pentref. Mae'r capeli'n llawn ar y Sul a phawb yn dweud bod y canu emynau'n codi'r to ym mhob gwasanaeth. Mae'r cwm i gyd yn dal ei wynt.

"Sa i'n mynd i'r ysgol heddi," meddaf wrth y bwrdd brecwast fore Llun.

"Paid â siarad dwli, grwt," dwrdia Mam. "Does neb yn gwbod pryd y bydd y confoi yn dod yma. Fe all hi ddod yma unrhyw ddiwrnod o'r wythnos."

"Ond fe all hi ddod heddi!"

"Dy fam sy'n iawn, Gareth," meddai Dad. "Dim ond hyn a hyn o gyfreithie allen ni'u torri ar un pryd."

"Wel, os wela i fod ceir Abertawe'n cyrraedd y pentref, fe fydda i'n dod drwy gât yr ysgol ac i lawr y llwybr at yr eglwys whap!" meddai Nia. "A dyna ben arni!"

Chwarter awr wedi hynny, rwy'n eistedd yn fy sedd ar y bws ac yn codi llaw ar Mam sy'n fy ngwylio o ddrws y tŷ.

Ymhen ychydig, mae'r bws yn aros ar bwys gât Coed-y-carw lle mae Ianto'n aros amdano. Yn sydyn, rwy'n neidio ar fy nhraed ac yn rhedeg i'r blaen at y dreifar.

"Sdim ysgol i ni heddi," meddaf wrth hwnnw gan roi naid i lawr y grisiau.

"Hoi ...!" gwaedda'r gyrrwr ar fy ôl.

"Dere glou," meddaf wrth Ianto, a bant â'r ddau ohonom

fel wencïod i glos Coed-y-carw a heibio cefn y beudy i'r sied wair.

"Beth nesaf?" hola Ianto ar ôl inni orffen chwerthin fel dau ffŵl wrth glywed gêrs y bws yn clertan a'r cerbyd yn chwyrnu lan y cwm ar y ffordd i'r ysgol.

"Beth am fynd i siop y pentre a chadw llygad ar bethau? O's arian 'da ti?"

"O's," meddai Ianto'n betrus. "Arian cinio am yr wythnos, yntefe."

"A finne. Dere."

Ry'n ni'n gadael ein bagiau ysgol a'n cotiau yn y sied wair ac i lawr â ni i Langyndeyrn.

"Shgwl!" meddai Ianto'n gyffrous. "Mae un o geir bois y teledu o flaen cartre Mr Rees y Gweinidog."

Rydym yn gweld Mr Rees yn siarad â'r gŵr dieithr ar ben y drws. Mae'n amlwg fod y gweinidog yn gyffro i gyd ac na all fyw yn ei groen er mwyn cael gwared â boi'r teledu. Mae hwnnw'n gadael o'r diwedd ac mae Mr Rees yn rhedeg o'r tŷ heb gau'r drws. Mae'n anelu'n syth at y ciosg teliffon cyhoeddus sydd wrth ei gartref. Gall Ianto a finnau ei weld yn codi derbynnydd y ffôn ac yn deialu, gan daro'i fysedd ar y gwydr yn ddiamynedd wrth aros i rywun ateb y pen arall. Mae'n rhoi naid, yn tapio'r ffôn ac yn deialu drachefn. Yr un perfformiad eto, ond mae'n amlwg ei fod yn cael trafferth i gael ateb. Yn ei rwystredigaeth, mae'n taro'r derbynnydd yn ôl yn ei grud ac yn rhedeg mas o'r ciosg i weld a oes rhywun ar y stryd. A dyna pryd mae'n ein gweld ni.

"Hoi! Chi'ch dau! Yma, glou."

Mae Ianto a finnau'n edrych ar ein gilydd fel bechgyn

wedi bod yn dwgyd afalau, ond mae'r gweinidog wedi rhedeg i lawr y llwybr at gât yr ardd erbyn hyn.

"Gollodd y ddau ohonom ni'r bws i'r ysgol heddi ..." Rwy'n ceisio meddwl am gelwydd golau sy'n dal dŵr. Ond does gan Mr Rees ddim diddordeb yn y ffaith ein bod yn whare triwant.

"Glou. Frank Bevan o gwmni teledu TWW oedd hwnna. Mae e'n cadarnhau'n bendant fod cerbyde'r peirianwyr ar eu ffordd yma. Rhedwch i ffarm y Llandre a gwedwch wrth Arwyn Richards am fynd lan yn ei bic-yp i roi'r neges i William Thomas. Gwedwch wrtho am ffonio'i gymdogion. Pawb i lawr i'r sgwâr cyn gynted ag y bo modd."

Mae'r gweinidog yn carlamu'n ôl i'r ciosg i ffonio ffermwyr eraill. Wrth redeg ar hyd y stryd i roi'r neges i deulu ffarm y Llandre, mae gŵr Tafarn y Gof yn edrych yn syn arnon ni.

"Ffonwch bawb!" gwaedda arnom wrth basio. "Mae Abertawe ar ei ffordd yma!"

20.

Yn y cefn rydym ni'r plant y tro hwn. Erbyn hyn mae'n un o'r
gloch ac mae rhesi o drigolion yr ardal ar draws Heol Dŵr o
dan yr eglwys yng nghanol pentref Llangyndeyrn.

Rhengoedd o ddynion mewn cotiau llaes a chapiau
brethyn sydd ar y blaen. Yna'r gwragedd hŷn yn eu sgarffiau
a'u hetiau ac yna ni'r plant a'r mamau ifanc gyda'u prams yn y
cefn.

"Bws yr ysgol wedi ffaelu cyrraedd pen ei thaith heddi
'te?" gofynna Mam a'i thafod yn ei boch wrth synnu ein gweld
ni yno.

"Rhedodd hi mas o betrol, Mrs Morgan," ateba Ianto.

"Wel, dyna lwc," meddai Dad. "Gewch chi fynd adre ar
eich union i wneud y gwaith cartre 'na sy i fod i mewn fory."

Ac ar hynny, mae'r dyrfa'n tawelu wrth i ŵr ar foto-beic
gyrraedd y sgwâr.

"Mae'r confoi ar hewl Caeryddin, rhyw ddwy filltir o
Langyndeyrn," meddai Aldred Thomas, Capel, sydd wedi bod
yn sgowtio'n ôl ac ymlaen ar hyd hewlydd y cwm ar ei foto-
beic. "Maen nhw wedi aros fan'ny i drafod tactege, siŵr o fod.
Mae nifer o geir yno, landrofer, lorri yn llawn peiriannau ac
un car heddlu."

"Cer 'nôl i gadw golwg!" meddai William Thomas wrtho,

gan bwffian fel stemar drwy'i sigâr.

Mae Mr Rees wedi sefyll o'n blaenau a dweud bod 'yr awr dyngedfennol yn ein hanes' wedi cyrraedd. Dwedodd wrthym ni am ddala'n gadarn a pheidio ag ofni. Does dim angen inni ddefnyddio grym na thrais, meddai, ond mae'n rhaid gwneud popeth i rwystro'r gelyn rhag cael mynediad i'n tir.

Ychydig cyn dau o'r gloch, rydym yn clywed moto-beic Aldred yn rhuo'n ôl i gyfeiriad sgwâr yr eglwys.

"Maen nhw wedi ailgychwyn! Fe fyddan nhw yma mewn dim!"

Mae Jac Smith yn rhedeg i ganu clychau'r eglwys.

Mae pawb yn cyfeirio at hynny am flynyddoedd ar ôl y digwyddiad. Roedd yn brofiad wnaeth gyffwrdd ag ysbryd pob un ohonom ni. Mae'r babanod yn eu prams yn dawel, hyd yn oed, a dim ond sŵn dwy gloch yn llenwi'r awyr. Dyma'r clychau fu'n galw pobol yr ardal i'r llan i ddathlu mewn priodas ac i alaru mewn angladd. A dyma'r clychau'n awr sy'n ein galw i'r gad. Mae'n deimlad cysegredig, fel canu emyn mewn mynwent, fel gwrando ar ddau'n dweud eu haddunedau priodas. Mae'r clychau'n canu am ein dyletswydd ni at y cwm.

Daw sŵn y cerbydau'n nes. Fel hyn oedd hi pan oedd pobol yn gwrando ar sŵn awyrennau'r gelyn yn dod yn nes at Abertawe adeg y rhyfel, meddai Ianto wrthyf i. Cyn i mi ymateb, mae'r confoi wedi cyrraedd sgwâr y pentref. Rydym yn symud o'r neilltu er mwyn gweld i ble maen nhw'n anelu, oherwydd eu cadw oddi ar y tir, nid eu cadw oddi ar yr hewl, yw ein busnes ni, meddai Mr Rees.

"Maen nhw'n mynd am Lanyrynys," gwaedda rhywun.

"Ar eu hôl nhw, glou!"

Dewi Thomas, ffermwr Glanyrynys, yw un o'r rhai cyntaf i gyrraedd ei gar. Ar hynny, mae'n sefyll wrth ddrws y car yn chwilio'n wyllt am ei oriadau er mwyn tanio'r injan.

"Daro shwt beth eriôd! Wy wedi colli f'allweddi, myn yffarn i," gwaedda Dewi ar draws y sgwâr.

"Glou, ar gefen hwn," meddai Aldred gan wneud lle iddo ar gefn ei foto-beic. Mewn dim mae'r beic yn pasio'r confoi cyfan ac ry'n ni'n clywed wedi hynny eu bod wedi cyrraedd gât Glanyrynys o'i flaen. Ry'n ni'n clywed ar ôl hynny hefyd mai y tu mewn i'w gar oedd allweddi Dewi Thomas ar hyd yr adeg!

Mae ceir yn rhuo heibio i ni am faes y gad ac mae Ianto a minnau'n rhedeg nerth ein traed. Pan gyrhaeddwn ni gât Glanyrynys, mae fel Waterlŵ yno. Dwy res yn wynebu'i gilydd cyn i'r rhyfel ddechrau. Mae Ianto a minnau'n dringo i ben y clawdd er mwyn cael gweld yn well.

Gallwn weld Dewi'r ffermwr y tu ôl i'r gât ac wedi dringo fel ei fod yn sefyll ar yr ail ffon. Mae'i ysgwyddau llydan a'i uchder yn gwneud iddo edrych fel cawr penderfynol. Mae'n cau'i ddwrn ac yn rhoi llond pen i fois Abertawe.

Mae rhyw beiriannydd a chyfreithiwr o Abertawe yn ceisio dal pen rheswm â'r ffermwyr, sydd erbyn hyn wedi crynhoi'n ddwy reng gadarn wrth y gât. Mae cap Jac Coed-y-carw wedi'i droi tu ôl ymlaen, yn barod am y rownd gyntaf. Mae pump neu chwech o freichiau'n pwyso ar y gât, ac yn gafael yn dynn ynddi, fel dynion ar fin boddi wedi cael gafael ar ddarn o bren yn y môr mawr.

Mae rhyw ugain o weithwyr Abertawe yno, rhai ar gefen y

lorri erbyn hyn, a nifer o'r heddlu. Mae cyfreithiwr Abertawe yn ceisio darllen warant Llys Caerfyrddin sy'n rhoi perffaith ryddid iddyn nhw symud unrhyw rwystr sydd o'u blaenau yn eu gwahardd rhag mynd ar y tir.

"No!" gwaedda Dewi Thomas.

"Der mlân, rho gynnig arni!" meddai Jac.

"*We shall have to move them,*" meddai'r cyfreithiwr wrth yr heddlu. Ac mae'r dwy fyddin yn closio at ei gilydd. Mae tipyn o wthio a thynnu wrth y gât.

Ar hynny dyma lwyth o wellt ar drelar yn cyrraedd ochr arall y gât. Dyma'r dynion yn gwasgaru'r gwellt y tu ôl i'r gât a sefyll arno drachefn. Mae dipyn o grafu pen o du bois Abertawe nawr ac mae Ianto a finnau'n eu gweld yn cael pwyllgor bach y tu cefn i'r lorri, mas o olwg y ffermwyr sy'n gwarchod y gât. Ar hyn mae landrofer ac un car yn dechrau bagio'n ôl i gyfeiriad y pentref.

"Maen nhw wedi ca'l digon falle!" meddai Ianto gyda gwên ar ei wyneb. "Falle ein bod ni wedi cario'r dydd!"

Ond munud yn ddiweddarach mae'r ddau ohonom yn gweld Nia yn rhedeg lan yr hewl o Langyndeyrn.

"Maen nhw'n treial mynd drwy'r gât arall!" gwaedda arnom nerth esgyrn ei phen.

Mae Ianto a finnau'n gwthio heibio cyfreithiwr Abertawe i weiddi'r neges wrth y ffermwyr.

"Jac, cer â hanner dwsin gyda ti i'r cae nesaf," meddai Dewi Thomas.

Maen nhw'n rhedeg yr ochr draw i'r clawdd a Ianto a minnau'n eu dilyn ar hyd y ffordd. Erbyn inni gyrraedd y gât, mae golygfa fythgofiadwy yno. Mae nifer o'r plant wedi gadael yr ysgol yr un pryd â Nia ac yn eistedd yn rhes ar ben y gât. Mae un o fois Abertawe wedi estyn am lif o'i focs tŵls.

"Hacsô sy ganddo fe!" meddai Ianto. "Mae e am geisio llifio drwy'r gadwyn ac agor y gât!"

"O! Fydd Jo Sgrap yn benwan walics!" meddaf innau.

A dyma'r ffermwyr yn cyrraedd. Bob tro roedd llifiwr Abertawe yn ceisio cael rhych yn y gadwyn ar gyfer torri'r metel, roedd esgid â hoelion mawr arni yn dod o rywle y tu ôl y gât ac yn cicio'r llif o'r rhych, ac un neu ddwywaith mas o ddwylo'r llifiwr hefyd. Rwy'n siŵr i mi weld pen a chap y tu ôl ymlaen arno y tu ôl i'r esgid. Fe aeth hi'n wasgfa yno wedyn, ond roedd elefator anferth yr ochr draw i'r gât. Dyma rai o'r ffermwyr yn torri'r olwynion oddi arno gan ei gwneud hi'n

amhosib i weithwyr y dref symud hwnnw i gael eu peiriannau i mewn i'r cae.

Fe glywes i un o'r heddlu'n dweud wrth swyddogion Abertawe y byddai'n well iddyn nhw fynd yn ôl adref.

Bu pendroni am ychydig, ond cyn hir fe glywsom y geiriau:

"*We're going now ...*"

"Hwrê!" gwaeddodd y fyddin y tu ôl i'r gât a'r plant ar ben
y cloddiau.

" ... *but we will be back!*"

21.

Ond ddaeth yr un confoi arall o Abertawe.

Arhosodd y cadwyni am y gatiau. Safodd yr argae haearn yn ei le.

Safai'r hen gêr a'r peiriannau yn y bylchau. Drwy'r nos Lun honno, crwydrai pobol yr ardal hewlydd bychain sy'n gwau yn ôl ac ymlaen ar hyd ac ar draws Cwm Gwendraeth Fach, rhag ofan bod landrofer neu lorri'n cwato yn rhywle, yn aros iddi nosi er mwyn agor bwlch i'r caeau.

Mae'r stori'n mynd o ben i ben fod un o ddynion y lorïau – oedd wedi dod yno bob cam o Lundain – wedi holi yn y pentref a oedd rhywle ar gael fyddai'n gallu cynnig gwely a brecwast iddyn nhw yn Llangyndeyrn!

Rwy'n gorfod mynd ar fws yr ysgol ac aros arni ddydd Mawrth. A Ianto'r un fath. Mae nifer o'r pentrefwyr eisoes ar sgwâr Llangyndeyrn yn gwylio'r hewlydd gan aros am ymosodiad arall. Yn eu mysg mae newyddiadurwyr a dynion camera. Mae Jac Smith wrth law i fynd i ganu clychau'r eglwys.

Ond nid oes yr un olwyn o Abertawe yn dod yn agos i'r cwm.

Mae'r sylw'n parhau yn y papurau ac ar y teledu, a'r gohebwyr yn disgrifio'r cyffro ar y dydd Llun fel 'Brwydr Fawr

Llangyndeyrn'. Y farn gytûn yw bod pobol Cwm Gwendraeth Fach wedi cario'r dydd – ond falle fod brwydrau eraill i ddod. Ond mae clychau'r eglwys wedi dihuno'r ardal i gyd ac mae digon o amddiffynwyr yma i wynebu unrhyw ymosodiad a ddaw yn y dyfodol. Yn ôl Jac Coed-y-carw, fyddai'r gloch honno sydd yn yr ogof lle mae'r Brenin Arthur a'i farchogion yn cysgu ddim wedi crynhoi gwell byddin! Yn ôl un cyfri, mae gennym ddau gant a hanner o warchodwyr sy'n fodlon amddiffyn y gatiau.

Mae'r dyddiau'n cerdded ymlaen, ond nid oes sôn am swyddogion Abertawe. Mae rhai'n cael eu dyfynnu yn y wasg ac yn dweud pethau bygythiol fel bod posib iddyn nhw ddwyn achos yn erbyn arweinwyr yr ardal am eu bod yn gwrthod ufuddhau i orchymyn llys.

"Gallwn fynd â nhw i'r Uchel Lys yn Llundain!" meddai un ohonyn nhw'n ddifrifol.

Mae eraill yn sôn am ddod â thri chant o filwyr i'r cwm, gwthio'r bobol leol o'r ffordd ac agor y gatiau â thanciau.

Unwaith eto, mae pobol y cwm yn syfrdan yn wyneb y newyddion diweddaraf, ond yn dal i ysgyrnygu'u dannedd yn ddi-ildio. Galwodd Mr Rees gyfarfod yn y neuadd.

"Ar ôl i bawb ddweud eu dweud," mae Dad yn adrodd yr hanes wrthyn ni ar ddiwedd y cyfarfod, "fe gafwyd pleidlais i weld a oeddem ni'n fodlon parhau i atal mynediad a herio achos yn yr Uchel Lys, carchar ac ymosodiad gan gannoedd o filwyr proffesiynol. Dyma bob llaw yn y neuadd yn codi i bleidleisio o blaid parhau â'r frwydr! Roedd hi'n olygfa fythgofiadwy!"

Mae timau o warchodwyr wedi'u dewis. Bydd y rhain yn

cynorthwyo pob teulu ar bob ffarm ac yn gallu symud yn gyflym o gât i gât yn ôl y galw, ac yn gallu mynd i chwilio am ragor o gefnogwyr os byddai angen. Bydd lorïau'n mynd i'r chwarel gerrig leol ac yn pentyrru llwythi o gerrig mawr i gau'r hewlydd mwyaf cul. Penderfynwyd cael seiren uchel y byddai ei sŵn yn cyrraedd yn llawer pellach na chlychau'r eglwys, er mwyn rhybuddio bod Abertawe ar eu ffordd. Prin fod y cwm yn cysgu ym mherfeddion tywyllwch y nos.

"Sdim dowt fod y frwydr hon yn costio'n ddrud i Abertawe," meddai Jac wrth Dad ar y clos un diwrnod. "Maen nhw'n gwastraffu adnoddau ac yn gorfod delio â'r cyfrynge o hyd."

"Ond mae cadw wyneb yn bwysig iddyn nhw, Jac," meddai Dad. "Dy'n nhw ddim isie ca'l eu gweld yn derbyn bonclust gan ryw haid sy'n byw mewn cwm yng nghefen gwlad."

Mae tair wythnos yn mynd heibio.

Yn sydyn, mae'r papurau'n llawn o'r stori fod Abertawe am roi cynnig arall arni. Dyma aelodau seneddol yn siarad o'n plaid. Mae Syr Keith Joseph yn gwneud datganiad na ddylai pobol gyffredin ymyrryd yng ngwaith y gyfraith.

"Ond mae'r gyfraith yno i amddiffyn pobol gyffredin rhag pethe fel hyn!" meddai Dad, pan glyw am hynny.

Mae hi'n dal yn dynn yn y cwm ac mae llawer o ollwng stêm o gylch y bwrdd yn ein tŷ ni hefyd.

Yna mae Cyngor Gwledig Caerfyrddin yn cyflwyno adroddiad newydd yn dweud yn bendant bod cynllun cymoedd uchaf afon Tywi yn rhagori o bell ffordd, ac nad oes unrhyw gyfiawnhad dros ystyried boddi Cwm Gwendraeth Fach mwyach.

"O'r gore," meddai Abertawe. "Ond gawn ni un pip fach arall ar y tir yn Llangyndeyrn cyn mynd lan i ben ucha'r dyffryn?"

"Na yw ein hateb ni!" meddai Jac yn y pwyllgor. "Does wiw inni agor cil y gât nawr."

A 'Na' fuodd hi.

Daeth y Nadolig ac roedd y gatiau'n dal ar glo. Daeth tymor wyna arall a chynhaeaf gwair arall. Yna yn yr haf, rydym yn clywed bod archwilwyr Abertawe wedi cael eu gweld yng nghymoedd uchaf afon Tywi. Mae'r gwaith ar yr argae wedi dechrau yno, yw'r adroddiad nesaf y clywn amdano.

Fis Awst, mae'r Pwyllgor Amddiffyn yn penderfynu ei bod hi bellach yn ddiogel inni agor y gatiau a symud yr hen beiriannau. Dyna ddiwrnod yw hwn! Mae'r Parchedig William Rees yn annerch y dyrfa:

"Rydyn ni wedi'i gwneud hi, bobl Cwm Gwendraeth Fach! Mae'r wald wedi trechu arglwyddi'r dref. Mae'r Argae Haearn wedi gwneud ei waith ac mae'r cwm wedi dal ei dir. Cliriwch y gatie!"

Daw "Hwrê!" fawr ar draws sgwâr y pentref a churo dwylo mawr.

"Ddechreuwn ni gyda'r gatie pellaf," meddai Dad, a bant â ni gyda'r tractor a'r trelar.

"Mae'r bar yma'n sownd yn Awstralia!" Mae Nia'n cael traferth symud y bar sydd wedi bod yn dal y gadwyn yn y ddaear ers dros flwyddyn bellach.

Mae Defi'n gorfod ei ergydio o un ochr i'r llall gyda'r ordd.

"Mae'r gadwyn yma wedi rhydu hefyd!" meddaf innau. Mae fy nwylo'n goch ar ôl ei thrin.

Gyda grym y tractor a chymorth winsh, rydym yn llwyddo i godi'r sgrap ar y trelar. Mae'r bore Sadwrn cyfan yn mynd i'r gwaith, ond mae'n braf gweld y gatiau'n glir eto.

"Awn ni â llwyth i iard Jo y pnawn 'ma," meddai Dad amser cinio.

Erbyn inni raffu'r llwyth ar y trêlar, mae'n rhy drwm i'r fan ei dynnu. Bydd yn rhaid inni fynd yn araf deg gyda'r tractor.

"Gawn ni reidio ar y llwyth?" gofynna Nia.

A dyna sut yr awn ni am Fynyddygarreg. Mae breichiau'n chwifio arnom o'r caeau wrth inni basio. Mae pobol yn aros ar bwys yr hewl yn y pentrefi ac yn gwenu arnom wrth weld llwyth anferth yn mynd heibio.

"Mae fel clirio annibendod ar ôl rhyfel!" meddai Defi.

"Heddwch o'r diwedd," meddai Nia.

Mae Dad yn cael pleser mawr o ddychwelyd y cadwyni a'r bariau i iard Jo.

"Wyt ti'n siŵr nad o's ôl llifio bois Abertawe ar y rhein?" hola Jo, gan esgus craffu ar ei haearnau gwerthfawr.

"Nago's, Jo. Fe gawson nhw un pip ar y rhein ac roedden nhw'n gwbod yn syth eu bod nhw wedi'u trechu!"

"Ti'n gweld, bos? Pan mae pobol yn clymu wrth ei gilydd, maen nhw mor gryf â'r cadwyni hyn," meddai Jo.

Yna, mae'n edrych ar y llwyth ar y trelar. Hen felin borthiant, hen elefator, hen beinder o'r cae llafur a phentwr o drugareddau eraill.

"Beth yw dy bris di am y llwyth 'te?" gofynna'r dyn sgrap.

"Dyma dy rent di, Jo," meddai Dad. "Smo i moyn gweld baricêd byth eto. Cer â nhw'n ddigon pell o 'ngolwg i."

Dyw Jo'n dweud dim. Yna mae'n poeri ar ei law fawr ddu ac ysgwyd llaw â Dad.

"Oes whant cawl cwningen arnat ti?"

Terry sydd yno, a'r milgi wrth ei sodlau.

"Ti wedi bod yn lwcus 'te?" meddaf innau.

"Nage lwc, 'achan. Mae crefft i'w cha'l gyda'r pethe hyn."

Yna mae gwên yn chwarae ar ei wefusau.

"Lle da yw Cwm Gwyllt, myn yffarn i!"

22.

Mae'r fasarnen yn dechrau bwrw'i dail. Mae'r *helicopters* yn hydrefu arni eto.

Aeth dros ddwy flynedd heibio ers i Tad-cu fod yma gyda fi'n ei gweld hi erbyn hyn.

Mae cymylau'n dod lan y cwm o'r môr, ond dyw cawod o law ddim yn poeni dim arnom ni. Does neb yn achwyn am y tywydd yng Nghwm Gwendraeth Fach bellach.

Gallaf weld pâr o glustiau hirion yn gwneud eu gwaith wrth y polyn ffens fel arfer. Mae'r angen i ni fod ar ein gwyliadwriaeth yn y cwm wedi mynd heibio, ond does dim wedi newid yma yng Nghae Cwningod.

Rwy'n meddwl am y cwningod yng Nghwm Gwyllt. Ac rwy'n meddwl am yr ychydig fugeiliaid oedd yna yn y cwm mynyddig ym mlaenau uchaf afon Tywi. Dyw pawb ddim yn ennill yn yr hen fyd yma.

Rwy'n ceisio meddwl beth fyddai Tad-cu wedi'i wneud o hyn i gyd. Ac rwy'n cofio rhywbeth arall ddwedodd e cyn un o'r gemau rygbi hynny. "Pan fydd y rhai bach yn erbyn y rhai mawr, does neb yn disgwyl iddyn nhw ennill – ond, myn yffach i, mae'n bwysig bod y rhai bach yn credu y gallen nhw gario'r dydd!"

Nodyn ar yr hanes

Mae'r nofel hon yn seiliedig ar ymdrech hanesyddol trigolion Cwm Gwendraeth Fach i atal eu bro rhag cael ei boddi. Mae'r prif ddigwyddiadau yn seiliedig ar hanes 1963 yn bennaf, blwyddyn y 'Frwydr Fawr', pan lwyddodd ardalwyr Llangyndeyrn i gadw'r gatiau ynghau yn nannedd bygythiad swyddogion Abertawe.

Roedd boddi cymoedd gwledig i greu cronfeydd dŵr i ddiwallu angen trefi poblog yn destun protestio mawr yng Nghymru erbyn ail hanner yr ugeinfed ganrif. Am dros ganrif, mynnodd nifer o drefi a dinasoedd yn Lloegr feddiannu tir ein gwlad, gorfodi'r brodorion i adael eu cartrefi a chreu cronfa er mwyn iddyn nhw fedru gwerthu'r dŵr i dai a diwydiannau yn Lloegr.

Boddwyd hen bentref Llanwddyn, nifer o ffermydd a thyddynnod a 1,120 acer o dir amaethyddol i greu cronfa ddŵr Efyrnwy ym Maldwyn yn yr 1880au er mwyn cael dŵr i Lerpwl. O'r 1890au hyd 1952, codwyd pum argae anferth yn nyffrynnoedd Elan a Chlaerwen ger Rhaeadr Gwy i gasglu dŵr i Birmingham a'r ardal. Pasiwyd deddf seneddol oedd yn rhoi hawl i gorfforaeth y ddinas honno orfodi pobl i adael eu cartrefi i wneud lle i'r llynnoedd, a hynny heb fod angen caniatâd cynllunio gan unrhyw awdurdod Cymreig. Symudwyd cant o

Argae cronfa ddŵr Efyrnwy yn Llanwddyn

Cronfa ddŵr Brianne

Cronfa ddŵr Llyn Celyn ar ôl boddi Cwm Tryweryn

Teuluoedd Capel Celyn yn protestio ar strydoedd Lerpwl

bobl o'r dyffrynnoedd hynny, a dim ond y meistri tir oedd yn derbyn iawndâl gan Birmingham.

Boddwyd cwm ar Fynydd Hiraethog i greu Llyn Alwen i ddisychedu Birkhenhead yn 1909–21, a dechreuwyd adeiladu cronfa ddŵr Clywedog ger Llanidloes drwy ddeddf seneddol arall yn 1963. Boddwyd 615 o aceri o dir amaethyddol er gwaethaf gwrthwynebiad cryf yn lleol.

Efallai mai hanes Cwm Tryweryn yw'r un enwocaf. Gorfododd Lerpwl i 48 o bobl adael pentref Capel Celyn, ger y Bala, gan chwalu capel ac ysgol, a boddi 600 acer i greu cronfa ddŵr. Defnyddiwyd grym senedd Llundain eto i orfodi'r cynllun. Bu protestio helaeth ac ymosodiadau ar y gwaith adeiladu. Yn 2005, cynigiodd dinas Lerpwl ymddiheuriad swyddogol am y trais yn erbyn pobl a thir Cymru.

Dyna gefndir y bygythiad i Gwm Gwendraeth Fach. Cyhoeddwyd dwy gyfrol ar hanes ymgyrch pobl y cwm i amddiffyn eu ffermydd a'u tai: *Cloi'r Clwydi* gan Robert Rhys (1983) a *Sefyll yn y Bwlch, Brwydr Llangyndeyrn 1960–1965* (2013) gan W. M. Rees (wedi'i golygu gan Hywel Rees, ei fab). Rwy'n ddyledus iawn i waith y ddau ohonynt wrth gasglu manylion am fywyd ac ymgyrchu yn y cwm yn wyneb y bygythiad erchyll o greu cronfa ddŵr yno. Mae bron y cyfan o ddigwyddiadau'r nofel hon yn seiliedig ar bethau ddigwyddodd go iawn yn ardal Llangyndeyrn, er bod rhywfaint o newid lleoliad ac amser yn nhrefn y nofel o adrodd y stori. Ond dychmygol yw'r prif gymeriadau, ac er bod enwau lleoedd o'r ardal yn cael eu cynnwys hefyd, ychwanegwyd enwau dychmygol atynt.

Dathlwyd buddugoliaeth pobl Cwm Gwendraeth Fach drwy

gynnal cwrdd diolchgarwch awyr agored yng nghanol y pentref ar 14eg Awst, 1965. Aed ati wedyn i ddathlu ugain mlwyddiant y 'Frwydr Fawr' wrth gatiau Glanyrynys yn 1983, a dadorchuddiwyd cofeb hardd ac arni'r geiriau 'Mewn Undod mae Nerth' ar sgwâr Llangyndeyrn. Bu dathliad pellach i nodi'r hanner canmlwyddiant yn 2013 gan sicrhau bod cenhedlaeth newydd o blant y cwm yn gwybod am ddewrder eu cyndadau drwy gael cyfle i berfformio mewn pasiant arbennig oedd yn ailadrodd y stori ar lwyfan. Sefydlwyd gwefan gan y Pwyllgor Dathlu: www.llangyndeyrn.org

Yn ogystal ag amddiffyn eu cwm eu hunain, ysbrydolodd pobl Llangyndeyrn a'r fro ardaloedd eraill i warchod eu tiroedd yn llwyddiannus. Yn 1966 aeth William Rees, Gweinidog Llangyndeyrn, i ogledd Maldwyn i annerch cyfres o gyfarfodydd am fod Bwrdd Dŵr Hafren am foddi nifer o gymoedd yn yr ardal. Llwyddodd pobl Maldwyn hefyd i wrthwynebu'r cynlluniau i ddwyn tir i greu llynnoedd. Pan enillodd Pwyllgor Amddiffyn Cwm Gwendraeth Fach ei frwydr, cafodd Cymru gyfan yr ewyllys i warchod ei chymoedd rhag rhagor o drais y dinasoedd.

Pentref Llangyndeyrn yn sir Gaerfyrddin heddiw, a'r gofeb i ddathlu buddugoliaeth y bobl wrth warchod eu cwm

Nofelau â blas hanes arnyn nhw

Straeon cyffrous a theimladwy wedi'u seilio ar ddigwyddiadau allweddol

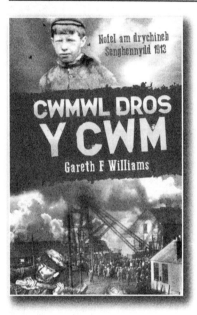

Enillydd Gwobr Tir na-nOg 2014

CWMWL DROS Y CWM
Gareth F. Williams

Nofel am drychineb Senghennydd 1913

Gwasg Carreg Gwalch
£5.99

Ychydig cyn 8.30 y bore ar 14 Hydref 1913, bu farw 439 o ddynion a bechgyn mewn ffrwydrad ofnadwy yng nglofa Senghennydd yn ne Cymru.

Dim ond wyth oed oedd John Williams pan symudodd ef a'i deulu o un o bentrefi chwareli llechi'r gogledd i ardal y pyllau glo. Edrychai ymlaen at ei ben-blwydd yn dair ar ddeg er mwyn cael dechrau gweithio dan ddaear. Ond roedd cwmwl du ar ei ffordd i Senghennydd ...

DARN BACH O BAPUR
Angharad Tomos

Nofel am frwydr teulu'r Beasleys dros y Gymraeg 1952-1960

Gwasg Carreg Gwalch
£5.99

Y GÊM
Gareth F. Williams

Nofel am heddwch Nadolig 1914 yn ystod y Rhyfel Mawr

Gwasg Carreg Gwalch
£5.99

Enillydd Gwobr Tir na-nOg 2015

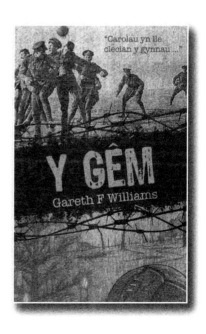

PAENT!
Angharad Tomos

Nofel am Gymru 1969 –
Cymraeg ar arwyddion
ffyrdd a'r Arwisgo yng
Nghaernarfon

Gwasg Carreg Gwalch
£5.99

Yn y Dre mae pawb wrthi'n peintio, ond peintio adeiladau maen nhw ...

Mae cannoedd o bunnoedd wedi ei wario ar baent. Paent gwahanol sy'n llenwi byd Robat ac yn newid ei fywyd mewn tri mis. Ond o ble mae'r paent yn dod, a phwy sy'n peintio? 1969 ydi hi, blwyddyn anghyffredin iawn ...

Rhestr fer Gwobr
Tir na-nOg 2016

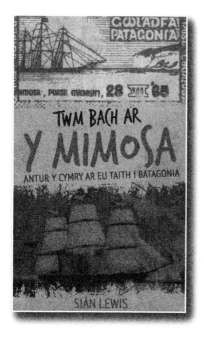

Twm Bach ar y Mimosa
Siân Lewis

Nofel am antur y Cymry ar eu taith i Batagonia yn 1865

Gwasg Carreg Gwalch

£5.99 yr un